广东文学作品精选丛书

2014-2015

广东诗歌精选

广东省作家协会　编

主　编　张知干　蒋述卓
副主编　杨　克　范英妍
统　筹　熊育群
编　辑　艾　云　王十月　黄礼孩

南方出版传媒
花城出版社
中国·广州

图书在版编目（ＣＩＰ）数据

2014-2015广东诗歌精选 / 广东省作家协会编. --
广州：花城出版社，2017.4
（广东文学作品精选丛书）
ISBN 978-7-5360-8316-5

Ⅰ. ①2… Ⅱ. ①广… Ⅲ. ①诗集－中国－当代
Ⅳ. ①I227

中国版本图书馆CIP数据核字(2017)第051988号

出 版 人：詹秀敏
责任编辑：欧阳霞　李珊珊
技术编辑：凌春梅
封面设计：庄海萌

书　　名	2014—2015广东诗歌精选 2014 - 2015 GUANGDONG SHIGE JINGXUAN	
出版发行	花城出版社 （广州市环市东路水荫路 11 号）	
经　　销	全国新华书店	
印　　刷	广东新华印刷有限公司 （广东省佛山市南海区盐步河东中心路 23 号）	
开　　本	787 毫米×1092 毫米　16 开	
印　　张	20.75	
字　　数	300,000 字	
版　　次	2017 年 4 月第 1 版　2017 年 4 月第 1 次印刷	
定　　价	45.00 元	

如发现印装质量问题，请直接与印刷厂联系调换。
购书热线：020 - 37604658　37602954
花城出版社网站：http://www.fcph.com.cn

目　录

马 莉
> > >
> > >
> >

诗人、画家、作家。生于广东湛江。毕业于中大中文系。中国书画院艺术委员，中国作协会员。20 世纪 80 年代开始诗歌、散文、绘画创作。原《南方周末》高级编辑。20 世纪 90 年代被誉为"新散文"代表作家。著有诗集《时针偏离了午夜》《金色十四行》《杯子与手》《白手帕》；散文集《怀念的立场》《温柔的坚守》《词语的个人历史》《黑夜与呼吸》《黑色不过滤光芒》；画集《触·马莉中国当代诗人肖像》《诗书画·马莉作品》等。著名诗人梁小斌认为马莉的诗歌"把当代女性的日常生活提升到一个智性的高度"，"恢复了中国古代女性词人的典雅传统"。为纪念"新诗百年"，于 2009 年始创作百年百位中国当代诗人肖像百幅。2011 年在今日美术馆举办"触·马莉中国当代诗人肖像"画展。现居北京/广州。

纯真的年代

围炉而坐吧，燃烧的舌尖在星空下飞舞
我们是诗人，坐下来读诗
把唇边的温暖带给寒冷的人
把潇洒的诗句，带给街道
让橱窗里的面包保持温度
胆怯的人低头看见自己影子多么笔直
失去想象的年代里我们是诗人，我们谦卑
冷漠的眼神触碰诗歌也会流出泪水
时间也会改变态度，让它变幻风景
手指也能飞翔，而不仅仅握住一只啤酒杯子
雪花在身体的天空上下飞舞
一壶酒存放百年，也存放了额头的碎纹
我们没有目的，从探索的表情里
你会找到逝去年代的纯真友情

春天啊，你看见我的心了吗

春天，你的心在哪里
告诉我榆树怎样结出一串串绿钱
挂满枝头？铺天盖地的榆钱
为什么落满北方的院子、屋顶、田间，落满
我们熟悉的日子，一年又一年
榆树怎样替我们找到死去亲人的地址
找到他们衣衫口袋，替我们把钱装到逝者口袋里
替我们怀念他们，让沉睡多年的面孔喜悦

替我们收藏他们的性别、年龄、性格、血缘
安抚他们不同的命运
这些长年的风，把榆钱吹起来，吹得高高
亲人们走了，朋友们也有走的
我们还站在原处
春天啊，你看见我的心了吗

（原载《人民文学》2014 年第 11 期）

王
小
妮

>
>
>

1955 年生于吉林省长春市。1982 年毕业于吉林大学。1985 年定居深圳。作品除诗歌外，还涉及小说、散文、随笔等。2000 年秋参加在东京举行的"世界诗人节"。曾获美国安高诗歌奖。

新发现

蚯蚓拱动，萤火虫划火柴
青杌果沉闷落了地
月亮就要在这会儿升上来。
不肯停手的银匠
孤单一人
敲敲打打的活儿早没人做了。

白天是时间
夜晚才是光阴。
手艺人拍着厚围裙
房门开了
月光把他变成一道银河
斜立着，浑身白花花。

（原载贵州《山花》2014 年总第 539 期）

剥豆之夜

和婆婆们坐在路边剥蚕豆
四周还有些亮
月亮浅浅，显在天上。

蚕豆在手里，没一点温度
顽强的不肯软掉的一大颗
有棱有角好坚韧。

渐渐，谁也看不见谁了。
月亮正在生长，光芒鼓起
绷紧的豆皮紧跟着透亮
绿眼珠够尖锐。

提小半袋夜明珠
走在回家路上
衣裳在发白。

（原载贵州《山花》2014 年总第 539 期）

白动物

月亮凑过来
门前的软毡上
一条白狐狸的皮。

隐藏得很好
装死也装得逼真
多少人进出，它动也不动
踩它踏它都不动。

看上去多温驯的动物。
鼻尖发凉，影子刚涂了毒
伤口流着白
漫山遍野生毛发
活着呢。

（原载贵州《山花》2014 年总第 539 期）

忏　悔

月光
从老木板缝漏下
落在大雷雨后的最湿处
亮光光晃人眼。

泥土跟着水走
收了手的驼背银矿主
后身闪烁有乌光。
他去亲那流走的土
被无数手翻捣无数遍的烂泥亮光光。

忽然他想亲上一夜，不是亲一下。
无限拉长的一夜
牛皮筋似的。
天光浅淡
流水漫过我们躬身入十的轮廓。

（原载贵州《山花》2014 年总第 539 期）

不

亦

> > >

> > >

>

本名黄刚，1970 年出生，湖南人，现居深圳，自由撰稿人。现任诗歌民刊《大象诗志》主编。著有诗集《树枝上摇晃的万有引力》。

备忘录

一

它并没有做什么
甚至不存在。代言人
从哪里获得力量——
昨天是太阳，今天是雨

落下来，重新排列大地
秘密变成常识——
下雨就别去爬山了——
雨，是否也这样想过
从他积攒的云里
卸下山的阴影

因此我们说：无奈
打牌，喝酒，聊聊无聊的诗歌——
我们分销雨的喧哗
忘了阳光与承诺——
雨歇了，只有
窗外的树仍在滴答——
它回来了，但已是晚上

二

我遇上的每一个都曾是我的一部分
它们远去我偶尔在记忆里再遗忘一遍

那个留下来的成为我或者我成为他
但我们不相识直到被时光再一次分离

三

有时候我绕过一些黑影
为了避免内心的恐慌和气馁
溢出它的空酒瓶。感觉
自己冒出黑烟，我隐入人群
然后打电话给上帝
看他如何找到熄灭的证据。
今晚的月光，开始播出
残缺的寂静——无眠
我躲开它的方式
是无法回避的影子
走在空街上踉踉跄跄的回音

四

天想下雨，但还在想。
坐在公园门口的台阶上抽支烟
地上就落满了残叶花瓣，蝉声四处逃窜。
这些树开花的时候是不是也会痛？
它们有没有想过去别的地方？
它们拼命地生长，似乎想要挣脱自己
却让根须扎得更深，它们知道地球有多大。
下班时间，十字路口人流增加了不少。
最近读迪金森的传记，那些十九世纪的
异国画面忽然跳到眼前，一种强烈的
时空穿梭的感应让我幻想，我说：
这些匆忙的人，他们真的活在这个时代吗？
他们真的都活在自己的身上吗？此时此刻
我穿过无名的岁月沉入某个人的深渊。

五百年以后，我浮出大理石的水面
一辆铜马车将我拉了回来，我走入公园
树开始开花，蝉声四处逃窜。

（原载四川《星星》2014 年 7 月总第 619 期）

从容

> > >

生于长春，长于成都。毕业于上海戏剧学院戏剧文学系。电影世家。深圳市戏剧家协会主席，国家一级编剧。出版文集、诗集《我心从容》《从容时光》《从容剧作选》等。在深圳策划举办"第一朗读者"系列诗歌活动。

痛苦带领我们遇见最美的事物

老大叫谷雨，她在春天发芽在夏天的泥淖里枯黄
老二叫白露，她被风轮吸引，一个趔趄，
被穿白大褂的人扔进生锈的铁桶只活了 39 天

老三叫小雪，她无法被更苍凉的子宫孕育
我无数次见过她们的眼睛……
比辽阔的黑暗大海还要深陷于无底的黑暗
比太阳的目光更尖锐地在夜晚刺痛我的太阳穴、承泣穴、大椎穴、劳
　宫穴与丹田

有时她们用会哭的眼睛在房顶整夜地盘旋
我屏息谛听，独自在寒夜三更披衣、点灯、燃香、诵经
领受她们对任督二脉和太阳穴以及所有穴位的突袭和击打
我要窒息，我要疼痛，我要头悬梁锥刺股
我要让头和身体的每一毫米在有生之年被她们银针一样的眼睛扎满、
　再扎满
我要扎满所有穴位，替她们受过！

后来，在一个格桑花开的下午
她们再也没有触碰我的太阳穴、承泣穴、大椎穴、劳宫穴与丹田
她们离开了我的身体，她们去了哪儿
她们无视我、遗忘我了吗？
我想要再一次疼痛！我要见她们！

在青海湖边，我看见了
她们有高原女孩的眼睛，她们站在玛尼石堆，为我添加了一块玛尼石
她们在路边种下一排格桑花，等我经过时戴在我发白的鬓角
她们用眼睛长久地凝视我，凝视我的皱纹
凝视我的太阳穴、承泣穴、大椎穴、劳宫穴与丹田

直到我们都微笑着泪眼婆娑

就这样，我在她们的目光中融化
就这样，融化成为了她们的母亲

痛苦带领我们遇见最美的事物

（原载安徽《诗歌月刊》2014 年第 5 期）

中央大街

走向一百年前的石头路
戴着墨镜的玻璃丝袜女人在街角嚼着
一百年前的雪糕

巴克咖啡馆里赤裸着打字机和满壁的女郎
旧纸条沾满白酒写下霓虹桥 1926 年
塞进列巴
今天是 2011 年中秋
准备送给远处等了我几个朝代的那个人

后天早晨他将坐一辆三轮车
晃进一条民国的巷子
在刻着我名字的第五棵树下
取走他们含着热泪
我想去马迭尔宾馆套房

神秘女子在一百年前已为我订好
用她的高倍望远镜观察大街上的动向

月亮比一百年前瘦小了几圈
当小成一颗星星
当今晚的月圆在她的镜头里成为挽歌

我用耳朵在树上刻下你的名字
你听，阳光下棠棣树在说什么
"往后退　往后退"

（原载安徽《诗歌月刊》2014 年第 5 期）

我写诗是为了记录一个寓言

我写诗是为了记录一个寓言
美人鱼与槐树
我是一个长不大的女人
一生都在逃离爱情
在遇见你之前
我的眼睛被蒙上灰布
撞得乱云飞渡

今晚我将和你坐在摇椅上
成为你白头发的新娘
你写了云一样多的两个字
他们就给了我们天涯
我做了你的妈妈你的小姐姐

而你将为我一个人烧锅炉
在一座石头房子里每天唱着歌
数我的白发

草地上　那只摇椅
静静摇晃

（原载安徽《诗歌月刊》2014 年第 6 期）

龙
威
>
>
>

男，1968 年 3 月 17 日生于湖南耒阳市。现任中共中山市东区个私协党支部书记、中山大典文化传播有限公司总经理、《中山大典》总编，中国诗歌学会会员、中国书画名家研究会理事、广东省作家协会会员、中山市文艺评论家协会理事、中山市诗歌学会常务副会长兼秘书长。出版专著有《聆听季节的足音》《诗歌在诉说》《龙威九行诗选》《龙威诗典手记》、与人合著诗集《以诗人的名义》等，著有纪实文学集《中山"七叔"的创业回眸》，还主编大型文集《中山潮》《经典中山名录全集》等。

这是谁的灾难

如果在高山上
把最后一滴甘泉挤干
鸟兽、绿草、大树
会呐喊：这是谁的灾难

如果从大海里
把最后一尾鱼赶上岸
沙石、碧水、大船
会呐喊：这是谁的灾难

田
晓
隐

> >
> >
>

本名田升剑，1985 年出生于湖北襄阳。现居深圳。有诗发表于
《诗刊》《诗歌月刊》《中国诗歌》《西部》《文学界》《散文诗》
《草原·绿色文学》《滇池》《山东文学》《特区文学》《作品》等
纯文学刊物。2014 年获得首届淬剑诗歌奖。

碎　瓷

回廊幽暗，抱着瓦罐的女人一直后退
退到深处
喉咙里有一只蝴蝶，趔趄光阴
厅有席，埋锅造饭在千里外
碗中有倒影
六角亭，谋士在外，刺客在内
每一根木头都幻化成一个木匣子
独坐堂前人对着酒碗垂钓
钓出江东父老和曼舞的虞姬
黄鹂在枝间打战，翻开兵法一页又一页
远看。光滑的瓷碗犹如历史的蛮腰
在漠漠轻烟中
倒拔垂杨柳和扛鼎之人的力气，除了那一碗米
再无必然联系
夜归人绝对不会去动一下碗柜
让回音在碗底旋转
要动只动瓦罐里的霸王醉
走过白昼黑夜，最终走过的是装满星斗的自己
身体里的星斗是烟尘中的一地碎瓷
碗口裂开就是一条大江，在口腔奔涌

（原载新疆《西部》2014 年第 6 期）

野狐外传

头晕，以至于见啥扶啥。扶墙墙倒
靠山山倒。扶桌子，惹怒了一杯凉了很久的茶
水里面立起冷硬的语言：我的客人还没来，
刚刚走掉的只是一个不可靠的人。
我已经没有把握，我能不能溺水而亡，在接近水面的刹那
变成一枚石头。让波纹一圈圈闪向远方
捎去信息。让水天相接，压迫那些需要哭泣的人呼吸越来越短促
无暇顾及我到底走了多久，还没走到人多的地方
是的。昨夜，蒲公英又一次进入我的身体
把散落天涯的兄弟们一个一个都召集了回来
他们在我的身体内高谈阔论，他们都拥有各自宝贵的
孤独
他们一直游离在人少的地方
无以薄酒招呼。我把自己当成了客人
头晕。他们在我身体内进进出出制造无数分岔的路
我走得越靠边，我得起床得越早。
琢磨着赶更偏僻的路。我又睡着
难得的安稳。很多人闻着臭来带着香走了
最早醒来的那天，我发现有狐狸在夜里光顾
谁也没听见那一声尖叫，窗外那厚厚的雾就堵住了我的口

（原载安徽《诗歌月刊》2014 年第 6 期）

仪桐

> >
> > >
> > >

女，原名崔光红，生于 20 世纪 70 年代，鲁迅文学院创作班结业，汉语言文学本科，广东省作协会员。曾于《新作家》《扬子江诗刊》《星星》《海峡诗人》《中国诗歌》《诗歌月刊》《芳草》等报刊发表作品，有诗歌、散文获国家级、省级奖项，有个人诗集《花钟》出版。现居深圳。

失业日

失业日，在颧骨刻写年龄
性别，游历史，
用一根秒针绑缚鞋带
奔跑，碰撞
在高楼大厦飞来飞去。
南方的皮肤过分滚烫，
花唇艳惊四座。
商标注明：岁月流金，
金子下聚集黑压压的蚂蚁，
倾斜 39 度，
仰着脖子呼吸。
我属外来闯入者
着格子花衫，拖半腔方言
胆怯，陌生，谨慎
站另一世界
像误入江河的浮游生物。

怀孕录

那个女人在众目睽睽之下
关切地问我，你怀孕了吗？
从客观上讲，
深圳总是干旱的日子多于雨水。
许多时候，
我们看到那些疲累

与饥饿，只能咬紧牙关。
女人继续说，
我还有一站下，你来坐吧。
这身休闲装，
替我闹了一个狡黠的误会。
我一面原谅她，
一面喜欢一个叫作怀孕的动词。
一朵软脚的云，我不想曲解
它行走时的意义。
像一剂止痛药，让我惊喜地发现
在众多的手臂与汗水之间，
我怀了一个春天。

冯
娜
> >
> >
>

云南人，白族。毕业并任职于中山大学。中国作家协会会员。著
有《云上的夜晚》《寻鹤》等诗文集多部。曾参加诗刊社第 29 届
青春诗会。曾获"华文青年诗人奖"。首都师范大学第十二届驻校
诗人。文化传播与艺术推广机构"冯娜工作室"创办人。

乡村公路上

路途的交会，让我成为他们中的任何一个：
提着一盆猪笼草的男孩
背着满筐山梨的老倌
奶孩子的妇人，孩子手上的银锁
和，上面刻写的字——
"长命""富贵"
仿佛我命长如路旁的河水
沐浴野花也冲刷马粪
来这贫苦人间，看一看富贵如何夹岸施洗

稻子忙着低穗
我忙于确认一个又一个风尘仆仆的村庄
哪一棵柿子树，可供寄身
上车的人看我一眼
下车的人再看我一眼
这一路颠簸的速度，让他们在停顿时成为我
成为我的步履，我的晕车呕吐
我半生承受的琐碎与坎坷

司机的口哨绕着村寨曲折往复
多少个下午，就像这样的阳光和陌生
要把所有熟知的事物一一经过
多少人，和我这样
短暂地寄放自己于与他人的相逢
——纵使我们牢牢捍卫着灌满风沙的口音
纵使我们预测了傍晚的天气
（是的，那也不一定准确）
纵使，我们都感到自己是最后一个下车的人

你不是我的孩子

——献给亲爱的小孩 W

我还没有自己的孩子我凝视你
如同一条河凝视一场雨
如同一块骨头凝视另一块骨头上的血肉
一处癌变凝视一叶干净的肺
你让我怀疑自己的心悸骨盆子宫中幽暗的突起
如何能生出一个你
生出沼泽的浮草覆盖我的溃退
生出一个破碎的心神如同你凝视我

我们彼此再看对方一眼
你拔我头上的花簪
你睡在我滤过梦境的呼吸当中
你凝视我如羔羊啃食过的草垛
我是你的骨中血是赤身的火焰
一柄哽在数十年间的匕首
最初用来防身有时用以伤人
还有无数次自戕我的骨中血
我要向你隐藏一个女人的咒语
她的生以及再生

在黄昏
路上的行人都不看我们
我笨拙地抱着你走像一次漫长的永生

听说你住在恰克图

水流到恰克图便拐弯了
火车并没有途经恰克图
我也无法跳过左边的河　去探望一个住在雪里的人
听说去年的信死在了鸽子怀里
悲伤的消息已经够多了
这不算其中一个

听说恰克图的冬天　像新娘没有长大的模样
有阳光的早上　我会被一匹马驯服
我迫不及待地学会俘获水上的雾霭
在恰克图　你的
我多需要一面镜子啊
驮队卸下异域的珍宝
人们都说　骰子会向着麻脸的长发女人

再晚一些　露天集市被吹出一部经书的响动
你就要把我当作灯笼袖里的绢花
拍拍手——我要消失
再拍一拍，我变成灯盏
由一个游僧擎着，他对你说起往生：

水流到恰克图便再也不会回头
你若在恰克图死去　会遇见一个从未到过这里的女人

寻　鹤

牛羊藏在草原的阴影中
巴音布鲁克　我遇见一个养鹤的人
他有长喙一般的脖颈
断翅一般的腔调
鹤群掏空落在水面的九个太阳
他让我觉得草原应该另有模样

黄昏轻易纵容了辽阔
我等待着鹤群从他的袍袖中飞起
我祈愿天空落下另一个我
她有狭窄的脸庞　瘦细的脚踝
与养鹤人相爱　厌弃　痴缠
四野茫茫　她有一百零八种躲藏的途径
养鹤人只需一种寻找的方法：
在巴音布鲁克
被他抚摸过的鹤　都必将在夜里归巢

（原载《民族文学》2015 年 8 月刊）

老刀

> > >
> > >
> >

湖南株洲人。中国作家协会会员，广东省作协理事，广东省诗歌创作委员会委员。1981 年入伍，1996 年转业。已出版有《失眠的向日葵》《打滑的泥土》《眼睛飞在翅膀前方》诗集三部；报告文学集《力缚狂魔》一部。曾获首届徐志摩诗歌青年诗歌奖、北京文学新世纪首届文学奖诗歌奖、2014 年《诗潮》杂志新诗奖等。

下辈子

如果可以选择，
下辈子，我愿意做只蚂蚁。
一只蚂蚁多好，
一条缝隙可以是他的家园，
一棵小树可以是他的祖国。
只是不要做牛、做马、做害虫。
我最怕做的还是狗。
一条狗，可以随意被主人捕杀。
被捅上一刀之后，
狗可以挣脱，逃跑，远走他乡。
一条狗，你说他又能逃到哪儿去呢？
逃到你的家乡是野狗，
逃到我的家乡是丧门之犬。
怎么也逃脱不出狗的命运。
我总是觉得，
我就是那条被捅过　刀的老狗。
他挣脱过，
他在村子里一边逃跑，
一边痛苦地喊叫。
他跑着跑着放慢了脚步，
仿佛有根无形的绳子拉着他。
跑着跑着又回到了村庄，
在一只手藏在背后的主人跟前，
摇起了尾巴。
他们走后
他们就要回去
他们走后
这儿还将严重缺氧
海拔 5100 多米的高度

还将那么神圣
不可侵犯

他们走后
这儿还将终年下雪
雪泊在雪上
还将那么忠诚与洁白
眼睛凝望眼睛
还是那么黑亮
而柔情

他们已经启程
你在他们中间后悔
你后悔：
在前哨班
那个没有住完的晚上
你后悔：
三天里
你只用一只老兵之手
拍了拍
战士的肩膀

黎明矇眬
熟睡中的南疆
优美而宁静
你赞美他们
你也担心
你担心群山醒来之后
会看见
自己的苍凉
有一种花
离前哨班 70 公里处
有一片草地

腰间别着手枪的便衣警官
指给我们看
有一种不知名的小花
非常漂亮
我想到了雪菊
可雪菊不是五颜六色的
顺着他的手势
除了一片积雪
我什么也没有看到
我还是很开心
漂亮的花儿只开给九月看
只向长年累月
经过这儿的战士开放
和我的爱人
只美给我看
一样啊

梦想成真

中巴车沿着山路前行
不记得多少公里后看见雪山
过了盖孜边防检查站
来接我们的北川
让司机放起有关红站的碟片
有一张刻录着《中国梦想秀》
当排头的战士
回答主持人他十九岁
我的心开始揪紧
他稚嫩的脸

让我想到我十六岁当兵

离开家乡的时候

当主持人问排在第三个位置的警官

这一刻最想念什么

我以为他会说

想念战友和工作岗位

当他说出想念妻子和儿子

这让我非常感动

觉得红站的官兵更加真实可信

妻子和儿女

一年到头只能拿来想念

我理解这份情感所包含的

幸福与苦涩

当主持人让他们转过身去

看到他们梦想成真

与家人幸福相拥

我流下了热泪

（以上发表于《诗刊》2014 年第 8 期）

吕布布

> > >
> >
>

诗人。陕西商州人。现居深圳。

马　炉①

艾略特说过，20世纪60年代的遗产是一种永远年轻的信心，一种坚持把游戏、爱情、浪漫和理想主义变成现实的能力。此时此刻，那个时代终于淡化为背景。

——2010．12，2015．7

五年前，我们下丹凤县看刘西有②故居
沿着那条狭窄的乡村公路走过去的冬天
闲和宁静，山萸散落。在阴坡
一群羊孜孜不倦地吃着积雪，无视
矗立的苞米秸子像战场上潦草的士兵。
人少却不寂寥，在那次行走总是出现的
奇迹里，朋友不耐烦地停止和回顾
他的严苛疲惫的身影，以及粘在
笔记本中的身世，让我们的步伐有了理智。
以贫穷写贫穷，并不需要完美的心智
就是这样，水库仍是马炉唯一显赫的建筑
苦楚，笨拙，一张立着的干枯的明信片
温柔地被一个假想的时代
盖上其他观点的邮戳
两棵柏树是它的鲜活映衬，历史的
修辞。朋友坐在墓地，劳动者的声音
还在腮红蜜的天空，发其困难，发其
每一天的贫穷，成为传奇的要素。
望过梯田看云彩，一个老人的目光
收回我们的比喻，清晰的农村并非
自然，而主题大多都来之不易
在这个越来越平坦化的世界，朋友
你不觉得眼前的梯田

是一种有趣的视野吗?
过去它缓解了人地矛盾，如今它拦截
那碾平一切的技术，更重要的
存在的它也是我们的命运——
地平线就在那儿，我们却得回转，回转，再回转。

———

①马炉：商洛市丹凤县月日（发音：儿）乡马炉村。

②刘西有：马炉村农民，全国劳模，于1981年因肝癌去世。
诗中的"朋友"指刘西有之子刘丹影。
42年前，丹影的生父屈超耘因为一句承诺，把他送给了
刘西有做儿子。
屈超耘，1936年生，户县人，作家。新中国成立10周年大庆时，
省上筹划编《农村干部教材》，分配给屈超耘的任务是写马
炉大队支部书记刘西有。二人尽管生活环境差异不小，却彼此感
觉有共同的东西，后来成了影响彼此一生的好朋友。

佛国仙境

> 曾经存在着的古老诸神的阴影，它们重访大地。
>
> ——荷尔德林

这里有鸟发达的胸骨，我想象
它们梦一般的飞行。万籁俱寂，
飞过沿河的龙骨，它们以逆光下
紧凑的山地史进入人类史。

一个将军买下了这儿。
主要的原因是构造轻型的世界，

充满了云。山地崎岖，而
河流像赤道一样宽广，松散民居
跌落其中有点儿无力。

似乎是被意识引导的魔卷。
宏伟全景中的恐惧导致的幻觉，让我
不总是工作的形象，与珙桐合影，
而风中挺胸面对雷霆叮当的
画眉，使得这山谷更加孤寂。
有苗子的蛊术或荷尔德林式的神性。

一个远离了海洋和野蛮人的地区，
雨季增加了这里的重量。
经过一部分路面时银行消失了。
古老和曙光的重构行动起来去研究
这喀斯特地貌升起的佛像，它的头顶
绿植茂盛，应该说它是浓发的释迦牟尼，
还更有国际观，满足现代的 A 面或 B 面。

在更为狂野的基础报告中，
由聪明的农民和几副不详缺口的金牙
实现计划中的全部细节。儿子们
接受第三级教育，像哥哥一样
成熟。而女人是温暖的焦糖，
她们拜神，有 ·种要大放光彩的意愿。
当农民死去的时候，儿子们必须
结婚三十八年。

一个偏离了中心的地区，依赖
"穷"和"空气罐头"，但它又难得地
慷慨；它蓝图中的文化
与中心相比，差异是可观的。
无法放弃现在所拥有的一切，

尽管它所拥有的已教它失去。

　　　　　　　2015 年 6 月 11 日—16 日贵州之行而作

※　诗名起初为"六月日耳曼尼亚"。

吕贵品

> > >
>

1956 年出生，山东诸城人。20 世纪 80 年代著名青年诗人之一。吉林大学中文系毕业，1985 年来深圳，与徐敬亚、孟浪等合编《中国现代主义诗群大观 1986—1988》，出版有《吕贵品诗选集》。现为中国城市发展研究院副院长。

诠梦 1：马蹄莲

（昨夜梦到马蹄莲开放，醒来命笔。）

梦里的马蹄莲醒来后开放
一双绣花布鞋奔跑于烟尘腾起的路上

马蹄莲因马蹄踏花而生长
细碎的蹄声洒落一路
在唐朝的宣纸上润透一脉山水
又踏过梦境在耳畔回荡

马蹄驰过
梦境中路旁有一个女人在哭泣
哭骑马人远去了
哭绣花布鞋沾满泥垢
哭痴痴的蝴蝶还恋着泥中那一丝花香

女人乱发遮颜泪珠顺发梢滴落
清晨的小雨敲打着蕉叶
花瓶里马蹄莲的蹄声踏水驰向远方

（原载沈阳《诗潮》2014 年 7 月号）

诠梦 3：天空躺着一群鸟

（今夜梦到一群鸟在天空似动非动，如同沙滩上躺着的人。是好预兆。）

鸟屎落下来
播几粒种子不久开一簇野花
风吹来的时候
花瓣舞动　田野飞出一群蝴蝶

人们相信冬虫夏草是一种轮回
因为春花秋蝶是亲眼目睹
四季的小风轮转遍人生的角角落落

树影的枝枝杈杈
常常入梦横压在月光起伏的床上
口涎湿枕
还以为是相思的泪痕

脚步悄无声息地踩上了一片羽毛
鸟儿被成群惊飞
天空顷刻飘起乌云
城市这个巨大的鸟笼空空荡荡

大地上刚刚醒来的人群
睡眼惺忪展开睫毛在天空飞翔
天空躺着一群鸟
躺着一群晒着太阳懒洋洋的鸟

（原载沈阳《诗潮》2014 年 7 月号）

朱巧玲

> > >
> > >
> >

生于 20 世纪 70 年代。现居深圳宝安。业余从事诗歌写作多年，
有诗歌入选 2012 年浙江语文高考试卷。出版诗集《凤凰之逝》。

流　水

流水应该是斑斓的，就像那只斑斓之虎
我的心应该是激烈的，就像流水
从悬崖上跌落，就像惊鸟
四处飞散
关于流水，有人说是一道赦令
写在纸上
那颗曾经仓皇狭隘的心，被流水冲洗
慢慢变老，变沧桑，成为黄金
那只老虎正在消失
那翻卷的乌云和茂密的森林也在消失
（这一切，与这个物欲横流的世界有关）
流水是一纸空言，写着荒唐
我越来越想放弃
飞。是的，生而为人让人厌倦
正如流水出深山
让我们明白世事无常
不知道下一秒，我们会出现在哪里
流水是一种混沌，活着就是一种
空。正如我一直虚妄
只有聆听流水
那静谧、那若有若无的
流，那最孤独的伴奏
流水对我来说，更像是一种伤口
永不愈合的伤

（原载广东《作品》2014 年第 8 期）

虚　构

雨水落屋顶，落深渊，落在似是而非的梦境
我读梭罗，读一页白纸和一闪而过的闪电
有什么卡住了呼吸？
"出于对虚构的迷恋"
我前往黑暗中的屋子
钟表在"咔咔"走动，窗棂上
雨水百感交集
"剧本是空的，月光时而汹涌，时而平静"
我们躺在波浪上说醉话
诸神已远去
此生已无用
——人世到了如此这般地步
可还有何物令我在你面前
潸然泪下？

（原载《青年文学》2014 年第 10 期）

闪　电

黑夜。一只虎在云中呜咽
海水低垂，铁轨蜿蜒进入森林，一团团朦胧的影！
风吹落花瓣，有谁还在千回百转
徘徊？还是沉在扉页不肯醒来
檐上的燕子，发出一声呢喃，又坠入了梦境
一道闪电

在天空中划着曲线，由浅入深，仿佛一支笔

"画着惊叹，画着悲欣交集"

——可惜我没有精湛的手艺

为你描摹流水般的深圳时光

在黑暗中，我仅看见一双瞳孔，幽深一样的井！

你是否来过？

"滴着水，淌着金子一样的光"

我听到虎啸已冲破云层

那闪电的幸福即将如暴雨倾泻

（原载《青年文学》2014 年第 10 期）

朱佳发

> > >
> > >
> >

1970 年出生，闽西客家人。有诗入选《世界汉诗年鉴》《中国诗歌选》《福建文艺创作 60 年选》等选本，与诗友合编《70 后诗集》，著有诗集《人们都干什么去了》、长篇纪实文字《奇奇的世界》。现居顺德。

蝉　鸣

1

整个夏天都是蝉这天才音乐家的舞台
蝉鸣一起，夏天便开始打盹
忙碌的人类，在夏天的鼾声中燥热着，烦躁着
一个不明真相的午后，一棵不知名的古树下
一名身份不明的行者，配合蝉鸣的节奏
在树荫的庇护下，清凉地安静着
身旁的行囊卸下了双脚
与夏天一起沉睡。夏天
被普遍称为热情如火的夏天
长时间的混沌，忽略了一位
一直站在夏天边缘的清醒者
因蝉鸣，而在夏天安静
在夏天清凉，在夏天感恩的蝉鸣倾听者

2

我也在倾听，在城市的一座假山
倾听一只误入城市的蝉的歌唱
这是在春天，万物尚未苏醒
为情而歌的蝉，让我想起了为爱而舞的鹤！
流离失所的蝉还在歌唱，我想我该出发了
我要走回久违的深山
在深山里，从春季走到夏天，走向秋天
最终抵达寂静的冬天，没有蝉鸣的冬天
这个城市已经没有冬天了
我想我该为冬天做点什么了

3

我正在秋天黯然神伤时，大山出现了
蝉鸣的交响轰然而至，让这个秋天热血沸腾
我跟着蝉鸣起舞，随着蝉鸣肃立、见证
见证树木和野兽的生长，见证花朵的速朽
大山不经意的一个转身
我已置身于山顶悬崖边的虬枝上
如蝉，紧贴粗糙的树皮
我张开干涸的大嘴，起伏空洞的腹腔
可就是出不了声。在无声的对峙中
蝉鸣的再次奏响，抖落了漫山红叶
唤醒了即将成为泥土的落叶

4

远处，大海已经按捺不住了
一轮轮海浪的冲击凶相毕露
而海底不为所动
没有蝉鸣的海底世界
每天照样上演生物间的弱肉强食
无声的海底森林，如洞穴般暗藏玄机
轰响的海涛与悠然的蝉鸣
相隔万里，相安无事

5

在蝉蛰伏的冬天，我出现了
没有蝉鸣的冬季，动物远遁
使我有足够时间，思考一只蝉的生命
雄蝉的执着，以及蝉鸣的凄楚与欢乐
穿越山洞，濯足峡谷，攀爬绝壁

心中的蝉鸣经久不息，让我不能停步
卑微的蝉，一生都在歌唱伟大的音乐
高傲的我，每天究竟想要找寻怎样的诗句？

伍永恒

>
>
>

男，广东台山人。曾在《诗刊》《星星》《诗潮》《诗选刊》《绿风诗刊》《扬子江诗刊》《散文诗》《新大陆诗刊》（美国）《秋水诗刊》（中国台湾）《五月诗刊》（新加坡）等国内外刊物发表作品。作品入选多种权威年度选本。曾参加第14届全国散文诗笔会。曾获《人民文学》《诗刊》等举办的征文奖。

城市尘埃（组章）

民工宿舍

收破烂的声音、代充液化气的声音、卖煤球的声音……把蛇皮口袋做的窗门，撕咬得支离破碎。

挂钟不知疲倦，在生活的年轮里来回奔跑。一只壁虎藏在它的背后，露出了时间的尾巴。

屋檐下，蜘蛛排开了八卦阵。这细小的精灵呀！为了一网饥饿，心甘情愿地，成为了自己的托儿。

这是一间简陋的民工宿舍。

此刻，房门虚掩，空城计里没有诸葛亮，只有一个拖着鼻涕的小孩儿伏在建筑模板做的饭桌上，睡着了。

垂涎，一滴，又一滴……

修自行车的人

冬阳斜照，你蹲在马路边，腰弯如弓，头几乎要埋到两膝之间去了。

铁钳、凿子、螺丝刀……

这些什件在旁边静静地躺着，像你内心的锋芒，正被岁月的锈迹慢慢地吞噬。伤痕累累的十指，让胶布一圈又一圈缠绕着。生活的伤口，就这样轻易地，让油污般的疼痛层层包裹。

北风一阵紧似一阵。

你身陷孤独的囹圄，却始终一声不发。只是时不时，狠狠地吸了几下嘴里咬着的卷烟。一些烟灰跌落在地上，很快被北风卷走了；还有一些死死地粘在你花白的胡子上，仿佛正在衰老的冬阳，拉扯着你，久久不愿离去。

一杯盐水

除了喝凉茶，上火的时候，喝一杯盐水，也是我喜欢做的事情。

一个人置身于煎炒炆炖的社会，便不得不时常需要清热解毒。

这是多么美妙的时刻啊！一杯开水加入一小撮盐花，一阵搅动过后，污秽与澄明，很快便泾渭分明了。

此刻，一杯盐水就像一个人。悄悄浮起的，是生活；慢慢沉下去的，是那些已老去的光阴。

（原载《散文诗》2014 年 11 月下半月刊）

刘
大
程

>

>

>

1973 年出生，籍贯湖南。现居东莞。作品散见于《诗刊》《诗选刊》《作品》等多家刊物及《中国年度诗歌》《文学中国》《21 世纪中国文学大系》《十年诗选》《21 世纪中国最佳诗歌（2000—2011）》等多种选本。出版诗集《行走的歌谣》等四部，长篇小说《东莞梦工厂》一部。东莞文学艺术院第二届签约作家。

时间的烟波

赶长路的人，身上的包袱越背越重
人外的世界，高度自治，各有贸易

唯有那驱马如飞的信使，越褪越轻
消息也是有重量的。既为白驹，就请过隙

大地即水土，水土即苍生，苍生本无知
忧伤只不过，仓颉的小儿子

翻山越岭的客官啊，你要去往何处?
直到浩渺的烟波，横在面前

四面环水的孤岛，有人哭有人笑，有人不哭不笑
在时间的烟波，进入电梯

（原载《中国诗歌》2014 年 12 期）

思念是一场纷纷扬扬的大雪

——致亡兄

一年一度的大雪又在天空布阵
好像有意营造一场悲欣交织的氛围
哥，我们曾是故乡野外两个抬头望天的少年
如今，你在天上，我还在尘世奔走
我不知道，哪一片素白是你无法言说的暗示

那一次我们是上山放牛，砍柴
昏黄的天空让大地提前进入傍晚
走着走着，雪就落下来
越来越密，落在我们的头上、肩上、柴上
和水牛的背上、角上
眼前很快是混沌苍茫

我明白，你一直在暗中看我
我也在寻找。十八年
趴在门槛上盼你回家的侄女都在打工了
你看见我们了吗？每次梦中在一起
你总是一言不发，让我难过

哥，你是用生命撞钟
我因此一夜成人，幸免陷于命运的泥淖
我也知道你希望我做什么，我一直都在努力
可我能为你做什么？唯有思念
无边无际，就像此刻，我抬头
满空纷纷扬扬的大雪

（原载《中国诗歌》2014年12期）

曾用笔名银波。中国作家协会会员，中国诗歌学会会员，广东省
诗歌创作委员会委员，广东文学院签约作家，惠州市作协副主席。
出版诗集 9 部，发表诗作多首。

五线谱

黄昏我走出三新村
看见数十只半死不活的鸟
蹲在五根平行电线上
我心惊之下默唱了一遍
果然是哀乐

青　春

她们将回归故里
尝试生儿育女
做低眉顺目的妻子
或者带着
不治的隐疾和疼痛
独自终老他方
从战场活下来的人
也要告老还乡
或带着闪耀的伤疤
做别样的人子
她和他未曾在故乡相爱
不会从同一匹
睡狮的春梦中醒来

祈　祷

一个人或站或坐或躺
有时会无奈下跪
我唯一的一次下跪
是向上帝祈祷
让我远行的母亲平安
但上帝一转身
就把她召上了天堂
那时我在北国
我跪下时看到山和树
也和我一起跪下了

（此组作品原载《文学港》2015 年 3 月号）

池
沫
树

>

>

>

原名周云方，江西宜丰人。中国作家协会会员，东莞文学艺术院签约作家。作品散见于《诗刊》《儿童文学》《青年文学》《北京文学》《诗选刊》《星星》等。曾获冰心儿童文学新作奖大奖、美国新语丝文学奖、东莞荷花文学奖。出版有诗集《穿裙子的云》，主编《小不点儿童诗歌》杂志。

卡内蒂或持续的感情

在刀子的锋口你吻下了血液
黑暗里寻找一个或者更多的出口
它们必然通向四面八方
它们打开生活之门或者自动关闭

从一个陋室进入另一个陋室
从一座城市寻找另一座
通往理想的境界。岩石
的秘密里不能敲碎，像
幽深的古井或者房内的主人
不能惊醒

如果你的病能治好，应该
感谢上帝。拯救个人
的精神苦狱，一直以来
都无法摆脱。你垂下的手臂
绝望而孤独——
仍然是一扇尚未开启的门

逝去的在你脑海，动荡
而又平静，有如梦中一棵
开花的树抖落的火花
沿着脚印的道路，生长出
紫色的青苔

注：卡内蒂，英籍德语作家，诺贝尔文学奖获得者。

钟表厂

我在一家钟表厂，钟表厂没有休息日
因为时间在走，生活没有停止

我把自己的生活装配在流水线上
分中餐和晚餐，把早餐用来小睡
晚上加班到十点，我把钟表的时间调到十二点

我有一颗纯净而充满梦想的心，像产品一样五彩纷呈
这些墨西哥国旗、美国国旗、英国国旗，还有花鸟图
彩虹图、城堡图、熊吃鱼图，她们圆形而漂亮
像许多女工的脸，她们不说话，时间却在走
有的到了美国，有的到了英国，有的不知去了哪
"反正是外国，听主管说都是出口的。"小芳说着
一不小心把一根头发留在了钟表里
"外国佬肯定知道这是一个女孩子的头发"

不知谁说了一声，小芳红着脸，当晚她说着梦话：
"我们的生活，也要像钟表一样组装，把幸福、快乐
把爱、青春、未来一起像钟表一样转动起来，那该多好
只是，我听说，外国会有时差，这边白天，那边是黑
夜——"

鹿港小镇不是我的家

秋风，落日洒下一些余晖，轮船在东江上航行，金色的阳光触手可及
没有人画下这幅油画，南阁大桥，鹿港小镇，港口大道
江岸的芦苇，割草的人，没有人画下这幅油画

割草的人，他们不是为了见到新鲜的泥土
而是为了即将建成的万科楼盘
不管建成后叫金色花园，还是叫鹿港小镇
"但是，鹿港小镇不是我的家，她只是厚街的一个楼盘"

打工者，从竣工的楼上下来，再去建另一个家
多少人打工一辈子，仍然没有家
一个中年男人在余光中拉长了背影，徒步在水泥大道上
像美国西部电影，充满了激情和梦想。而他，只是一个
中国农民
他的孩子，仅一墙之隔，就在南丫工业区
五金厂、制衣厂、电子厂、家具厂洒落着他们的青春
从工厂跑出来的男孩，要了一包烟，又走进了钢铁焊成
的厂门
排着队走出来吃饭的女工，说着方言，不时把目光投向
新建的高楼
她们拖着沉重的脚步，却怀藏着一颗小鹿乱撞的心

"但是，鹿港小镇不是我的家，我的家只是一间十二
张床铺拥挤的宿舍"
"但是，鹿港小镇不是我的家，我的家只是一间小小
的出租屋"

（以上原载《诗选刊》2014 年第 4 期）

安

安

>
>
>

曾用笔名艾心雨、安桐。早期作品主发《深圳商报》；有作品被收
录在九州出版社出版的《感动中学生》《感动大学生》系列以及
《烟花》杂志；部分诗歌作品被收录在《诗歌月刊》《大象诗志》
《平民诗刊》等。

观　众

一盘棋从上午到傍晚
中间换过三次人
不论年纪，我们都一样无所事事
临江的大树提供了
最恰当的流逝

但平静是用来打破的
就像相聚为了分离
流水可以让我们缓一缓
保温盒里的馒头
还是热的，这就是证明

一个老人站起，走到一边
留下争吵和埋怨
棋局停止了
他们终将散去，离开
因为江边的凤凰花
开成了一片春天
我在街对面的咖啡屋
一坐就是一整天

高　山

等不及了，就记得把月光捎上
把丢弃的大颗粒菩提重新穿起

挂在院门的铜扣上
像母亲虔诚的祷告

五月忽然起雾，气温骤降
有人从故纸堆里寻获：
淡然、冷静、智慧、深沉的大爱、俏皮的儒雅、带点坏
无疑，这些元素适合这个季节

历代战争的起因和结局总有惊人的相似
爱情一样。显然
这比喻太宏大了
这热烈的凤尾，苍穹之下
生生不息花开花落

我也有乘坐时光穿梭的冲动和小天真
——快速抵达你的高山，你的流域，你的高贵和朴素

但是现在不了
这些天阳光太猛烈，雨下了一阵又一阵
这阴晴不定的天气
我的风湿和咳嗽越来越严重
我的伊犁河越来越遥远

我的高山，越来越高

阮
雪
芳

＞
＞
＞

曾用笔名冷雪。韩山诗群代表诗人，《九月诗刊》编辑。出版诗集
《经霜的事物》，作品入选多种选本。

生　活

我们在生活面前
藏起忧伤和血块
那些哭泣的人，在镜中静默
那些挫败，以猛烈的方式占据着黑夜
真正的悲伤，都是一道击入背脊的闪电
命运得到不属于它的东西
这一切都不是我们想要。而火
和沉睡的罂粟
两次风暴之间的气流
粗犷、热烈，一条大河
咆哮着将我们从高处狠狠地甩落

只因生活那一股毁灭的力量
才使我们痛切又如此执于存在

她触摸的水如此涌动

一

如果我通过你感受
生命深刻的愉悦
我该怎么去表达
——爱
这枚无形的金币
和太阳、月亮、未名的星座

和尘埃、眼睛、脉动的心
在同一个体系中静谧地运行

二

风吹来的时候　树枝弯曲
星辰消匿　婴儿停止吃奶
捕捉那一丝细微的声响
风吹来的时候
有人大步走在街头
有人在暗处哭泣
寒霜凝结　有人推开窗
教堂的钟声和风一起送来
漆黑而辽阔
——闭上眼　看见神在冥思

在爱开始的地方

那儿停落飞鸟和时光
桑树在窗外摇晃
那儿只有气流和迷雾
黑暗是大地上任性的孩子
那儿不被记忆也不被遗忘
命运的引力从不确定
什么在前面等待
隐秘的野马、樱桃之歌、死亡演奏、灵魂的芭蕾
总是这样，事物经过瑰色刀刃
心灵房间和肉体的记忆
时间的荒原上，一切如此孤寂无垠

某个秋天

我们坐着
偶尔说一句话
如抚平一块带着折痕的东西
又恢复宁静
稀薄的光线掠过白桦林
整个下午，河边
看蜻蜓起落
风把水往一个方向推
只有一次，两条鲮鱼跃出水面
溅起漂亮的水花
那之后
我的心就不再平静

（组诗《生活》于 2015 年 4 月在《广州文艺》发表）

羽
微
微
>
>
>

女，本名余春红，出生于 20 世纪 70 年代，广东省茂名市人。曾
获人民文学诗歌奖、《诗选刊》先锋诗人奖。作品散见于各文学刊
物及年度选本，出版诗集《约等于蓝》。

人间喜剧

始料未及的是
太荒谬了
足以令一部分人先笑起来
急剧转弯的叙事
如此精彩
正在粉墨登场的
忍不得心里也暗叫一声好

尽情地笑吧
从座位里站起来
热烈地鼓掌吧
根据剧情
替我们在最后敲响丧钟的
是一个笑得
浑身在颤抖的小丑

（原载《青年文学》2015 年 7 期）

坐在你对面

早一些的时候
阳光在屋外
后来它经过了窗台
缓慢地接近我的膝盖和手腕

我想再等一等
再等一等，我也还是没有张开口
也忘记看阳光，往哪里消逝

我想我并不善于抒情
我总有着不合时宜的腼腆和沉默

（原载《青年文学》2015 年 7 期）

你会从人群中一眼认出他们

他们是安静而沉默的
但你会从人群中，一眼认出他们
他们在火车上，在大街上
可能你会经过，看他们一眼
便走了。可能你会接近
问他们借个火，点燃手里
虚无的空气，便走了
但有时你的心里空落落的
你会停下脚步，和他们
随便说一些什么。比如：嗨！你好
他们会望向你，可能也会说一些什么
但你知道，真正孤独的人
你不会比谈话前更懂得他们
他们说的那些事情啊
都和他们的孤独无半点相关

（原载《诗歌月刊》2015 年 6 期）

一滴墨

马停在画室外
雪已经下得够厚
没有梅花，不能强求
但我曾推开门，把梅花画在纸上
树叶在雪的下面
可能你看不到

而我已不纯，尘垢老厚，手上不持短刃
我散步，听自己的呼吸
我曾擅长与爱我的人
反目成仇，让恨我的人
显得他们愚蠢

现在无所谓我或他们
一滴墨
能开好几朵梅花
梅花旁的茶
是铁观音

（原载《诗歌月刊》2015 年 6 期）

远 洋

> > >
> > >
> > >

中国作家协会会员。1980 年开始创作，出版诗集《青春树》《村
姑》《大别山情》《空心村》、译诗集《亚当的苹果园》等多部。
获河南省"骏马奖""牡丹杯"奖、湖北省"神州杯"奖、深圳
青年文学奖、河南诗人年度大奖等。

远洋的诗（2首）

男　女

在各自生锈的铁笼子里
我们相对站立
将脸蒙上一块白布
赤裸着身体

在一条锁链的圈禁里
你赤裸着女性的身体
却顶着男人脑袋
戴上骷髅面具

在各自新漆的木笼子里
闭上眼睛相对站立
我伸出金属机械之手
把你的手寻找触摸

你的手腕吊着砝码
我的脑袋装满齿轮

呼　唤

在街市，似有人唤
你受撞击——转眼
摩肩接踵里消失
喊着乳名或爱称
熟稔而陌生——是初恋情人
还是父老乡亲

心口留下疼痛——
在茫茫人世，怅然若失
找不到唤者是谁

夜阑人静，又闻呼唤
刚刚回荡头顶，侧身谛听
立刻幽暗消隐——
是白发亲娘，还是吹笛牧童
喊你于黄昏，濒死昏迷中
叫你丢失野外的魂——
噩梦醒来，起死回生
那喊你回家的，那重新给予你生命的声音
已缥缈不可追寻

寒冬围巾缠绕而贴近
似有若无的云雾，消散于秋天早晨
在扰攘喧嚣里时隐时现
如梦如幻，却灼伤似触电
喊着不为人知的隐疾，令你心悸
老墙颓然坍塌于春天的雨水
奋起的鹰鹫直扑腐尸
剥去你的面具和伪装——
一声呼唤，就让你赤身裸体
阳光下暴露无遗

忽而近在耳旁，忽而隔着遥远的大海
海螺空壳荡响岁月回音
不知谁在唤你，还是你在唤谁
也许只是自己在唤自己——
你凝神倾听，呼唤变成无声
你苦苦寻找呼唤者，找到的却是：无人
你惊讶疑惧张口结舌，不能应答呼唤
你悟而起身要追随呼唤而去

呼唤已消失殆尽

空洞虚无的漂流瓶
饱满充实的麦穗
失去的，未到来的——
为什么呼唤，唤你去做什么
无来处，也无指向
无回声，也无影子
你诧而追问：你是谁？是否将自己遗失？
你从溺水沉沦处掷出石头
落进大海缄默的深渊里

细微蜂鸣听得真切
轰响如雷充耳不闻
有时由远及近，有时由近及远
不知把你召向何方
轰然摧毁栖所与遮蔽
一声呼唤让你彻底孤独
带回自身和内心
带向身外世界和世界以外
而它说了许多但什么也没说出

千言万语又无言无语
不管你是否愿意听它
总是不请自来不期而遇
为什么不把你放过，为什么把你苦苦折磨
你何曾冤枉了谁对不起谁
你难道有不可逃脱的罪责
它出于你又逾越你
来到你这里——一声呼唤
把你抛弃在走投无路的荒原

当头棒喝令遁空寂

警钟提升虚浮的高处

阵风吹袭脑海

波涛凿空内心

暴雨闪电愤怒鞭笞

转而化成吸紧的磁铁

将你淬火锻打至精纯

又雷殛燃烧为焦炭——

锈蚀的灵魂被呼唤穿透

是呼唤无家可归的人

还是浑噩迷失的魂魄——

你将成为谁？你朝何处去？

一声呼唤水落石出

启明星芒刺在背

播种黑暗大地

你归于哑默的婴儿

静静等待——

而呼唤再也不在心头响起

（原载《诗歌月刊》2015 年第 7 期《隧道》栏目）

杜可风
>
>
>

70 后，广东普宁人。曾出版小说、散文、传记文学等作品若干。曾做过地方电台播音员、事业单位秘书、行业刊物编辑，现为媒体从业人员。著有诗集《阿兰若处》。

秋　赋

风月和雁字一样越来越少
繁花也一样，经不起推敲
梦总是抢先一步离开枝头

天涯那么近。斜阳的剑芒
挑开从前薄雾笼罩的风景
一枚枫叶的筋脉和去路
以裸体的方式呈现

寒露霜降，林间温凉恰好中庸
衣裳非薄非厚，素朴的事物从容发生
山水重新排列组合，等待命名
卷轴展开的浮云被收去一半

杜
绿
绿

>
>
>

原名杜凌云，出生于安徽合肥。现居广州。著有诗集《近似》
《冒险岛》《她没遇见棕色的马》《我们来谈谈合适的火苗》。曾获
"珠江国际诗歌节青年诗人奖""十月诗歌奖"等。

雪地里的捕捉

他要捉一只雪地里的孔雀。
它要冻死了。太冷了，他走在大街上
手里握着旅行袋。

孔雀还在昨天的地方，一夜过去
它只挪动了两米
奄奄一息，他肯定。

他蹲下来抚摸孔雀
快掉光的翎毛。
这只蹊跷的鸟儿从哪里来
他有过六个想法。

每一个都被他扔掉。
"最有可能我不在这儿"，
他想起自己难以描述的遭遇，
孔雀低低叫着。

他们共同跪在雪地里，
人们跨过他们的身体。

孔雀正变得透明，他的手也是。
他接近它的地方逐渐看不见了。

他抱住了孔雀。

旅行者

几天来我反复琢磨一个词
什么是"真实"？静止的傍晚？
灰蓝色天空在无人的道路衬托下
开阔而强硬，是你吗？
你的影子之外是我的影子，
我需要这样假设。

即使你走过我不曾停下。
我们都在初雪时节到过那个小站，
废弃的机车库被碎雪遮盖
我在铁轨上，至今还在，
而你的脚印不在我的靴子里。

落地时的重量我也找不到，
太轻了，这个出现在照片中的傍晚。
可以想象当时的天色属于草原、盐湖
你的手浸满了盐。你在生锈的地里。
你在水里密集的石头上寻找生物。
你，没有看见我。

你往这儿来，浓烟般的地热蒸汽上
你的相机里留下了凝固的时刻。我在吗？
我不想说怀疑。我要告诉你
在你曾经工作过的地方
那所被允许忽略的房子里，
我在收拾书桌与空花盆。

窗户推开又关上了，蓝色的阴影
未被描述的橱柜还有你的痕迹。

你拍过旗帜，愤怒的少年，骑兵
我都在，在你镜头的对岸。
而那湖水，不起波澜。

我最终是会游过遥远的呼伦湖，
走到你面前。
我一直在。
像依附湖水而生的野草安然生长。

这也只是个假设，必须说出的事实是
在自然的湖里我看不清方向，
更无法浮起来。那些水间晃动的植物与昆虫
是你要找的。至于我，
只在虚无的语词中存在过。

你甚至不能辨别出
我与另一片湖水、灯光、黎明
有些什么不同。你在大地上走了这么多天，
是否有所察觉
我们缺少的不是地理概念，
仅仅是一个泳池，一副泳镜。

（以上原载《中国诗歌》2015 年 6 期）

妈妈的故事

他掉进河里就不见了。

我和妈妈沿河岸

向下游跑去。
他会出现在尽头，
死了，活着
都不会离开这条河。

我们跑得飞快，妈妈在风里
在月光下，
她敏捷得像个花豹
跳过一道道沟渠。

妈妈是这样——
我在她的肚里
乘坐飞毯。

我们到了尽头
干净的水塘里可以看到
水草和鱼，妈妈
硕大的肚子垂到水里。

可是他不在。我们等了很久
只好走了。

（以上原载《诗潮》2015 年 7 期）

李 淼
>
>
>

1982 年毕业于北京大学天体物理专业，1984 年在中国科技大学获理学硕士学位。1989 年赴丹麦哥本哈根大学波尔研究所学习，1990 年获哲学博士学位。1990 年起先后在美 Santa Barbara 加州大学、布朗大学任研究助埋、研究助理教授，1996 年在芝加哥大学费米研究所任高级研究助理。1999 年回国，任中国科学院理论物理研究所研究员、博士生导师。2013 年加盟中山大学，现为中山大学天文与空间科学研究院院长。业余写诗、科普，偶尔写小说。

小寒和一幅照片

小寒到来时，海珠下起了细雨。
中午急行时，我脱下外套，
那时我也擦了擦头上的细汗，就像小寒到来时，
我擦了擦头上的细雨。

这里，一间平常的咖啡馆，
我常常用来遁入空门。
爵士播着，人们三三两两，更多的是
独自一人，玩着手机。

夜晚的温度持续上升，
在一张照片中——

她右足向前，将要未要，
踢破你心中衰颓千年的壁垒。
她右臂呼应左腿，因此右肩压下
全部江山。黑色大军压境。

我不再能够写下那些多汁的诗句。
江水流淌。喝咖啡的人露出诡异的微笑，
江水流淌。

2015. 1. 5，写于滨江东路星巴克

在广州机场

我记不得一个人一生要花多少时间在机场，
我们总是从一个目的地赶往另一个，
赶得任劳任怨。

你说那边下起了小雪，
转眼就消失了。我说，就像我的
上一个目的地，没有记录。

更坏的是，那个目的地也不记录你，
不记录任何途经的过客。
你说，梅花开了呢。

是的梅花重于过往，就像此刻
重于我们失去的时间。
因此，延误和脱班其实是一件幸运的事。

我只是想唠叨一下，以此来开解
我的任性和失忆。你说，你看，
梅花开了呢。

2015. 1. 14，写于在广州机场脱班之后

致 M

在这里，我们习惯喝冻啤酒。
因为没有见过冰与雪，这些北方的词汇，让位于，
冻。然而考据雪柜一词的来源，
就成了不可完成的任务。

许多事，纠结而矛盾，但并不形成对立的二元。
因此在小雪，我受阻于大雪。
在两个节气之间充满了药片与酒，
大雪仍然是一个未完成的将来时。

要成为有形式的事物。一只立在枝叶上的蜻蜓，
一件白衬衫和一条卡其布裤子，
一片郁然而出的云朵，一杯蓝眼曼特宁，
只在一个瞬间充满我们，以它们的形式。

一首诗只活在彼时彼地。我在大雪天受阻，
也只封存于两个人的记忆。
还有那么多的仪式，贯穿过去和未来，
被无形的时间之链串起。

2015. 12. 5，写于滨江东路星巴克

李双鱼

> > >
> > >

原名李剑飞。1984 年出生于广西博白。2003 年开始诗歌写作，曾获上海复旦大学复旦诗社颁发的首届"在南方"诗歌奖。作品散见于《诗选刊》《特区文学》《南方文学》《芳草》《广西文学》《诗歌月刊》等。著有诗集两部。现居深圳。

蛇

它的七寸，恰好是祖母
每年异常炎热的祭日
它从来不攻击我
陷入回忆的手脚，冰凉
动弹不得。我反复梦见它
躺在棺木里，蜕皮
衣冠不整。然后抽身离去
换一种毒性，到野外生活
无须牵挂，小桥流水
疏离的故人和桑麻
它学会清静无为
胸怀明目的苦胆，几片薄荷叶

（原载广东《作品》上半月2014年第8期）

指天椒

为了对应甜，就种下了苦瓜
为了对应酸，就种下了辣椒
可是我们，却偏居南方一隅
素来清淡，食物温而不火
平日潮湿又多雨，偶感风寒
只须对付姜汤一碗
似乎辣椒无用，况且此乃指天椒
其辣更进一步，就由着它

在门前自生自落，雨打风吹
褪了青涩，渐至鲜红，终烂黑泥
来春又上枝头，漫开白花
仿佛完成了一次人生的轮回

（原载贵州《山花》下半月 2014 年第 10 期）

芫　荽

母亲不爱，这当然也可以
归结于上了年纪，如果追溯到
贫乏的童年，食谱过于单薄
也不能单纯地说，对食物产生了惯性
就很难刹住。饥饿的记忆
总是让人首先想到能够填饱肚子
是多么幸福。离不开盐
但是可以离开一切的香料
譬如芫荽，存在于广西博白的语言
换一种通俗的说法：香菜
就不会那么陌生。这种香味
母亲觉得古怪，而我觉得
"内通心脾，外达四肢"。
或许这就是：一代人有一代人的记忆

（原载贵州《山花》下半月 2014 年第 10 期）

杨

克
>
>
>

男，1957 年生，广西人，著名诗人。现任广东省作家协会副主席，
国家一级作家，编审。中国"第三代实力派诗人"，"民间写作"
代表诗人之一。在《人民文学》《诗刊》《中国作家》《世界文学》
《上海文学》《花城》《当代》《大家》《青年文学》《天涯》《作
家》《山花》等大陆有影响的报刊发表了大量诗歌、评论、散文
及小说作品，述在《他们》《非非》《一行》等民刊以及海外报刊
和网络发表过作品。

在朗润园采薇

（为北京大学中国诗歌研究院朗润园采薇阁开园而作）

一

我特别心动"朗润"一碧如洗
垂帘听政的天穹深不可测
阳光瀑布犹倾泻嘉庆年间的回声

前后河岸，密植垂杨
两百年前殿院后墙的军机处
怎锁得住今天明朗的读书声

树是绿的砖是青的琉璃瓦明晃晃
赶路的汗水将一行行诗歌从额头写到脸颊
诗乃寺言，致辞者在诵经
老教授仿佛入定，端庄如打坐
心静自然凉
身上的溪流清澈了首都的高烧
中青年诗人批评家纷纷躲进廊檐
进进出出如头戴黑毡帽的燕子
被念到姓名的佼佼者，惊恐若一只小袋鼠

二

从廊角探出头来
白墙深处影影幢幢
皮影戏般晃动穿长衫的人物
我看见胡适、钱玄同、刘半农、沈尹默

周作人、鲁迅、康白情、俞平伯、傅斯年
罗家伦、朱自清、冯至、何其芳、卞之琳依次走来
如同电视里的《出彩中国人》
我仿佛还看见紫禁城小朝廷的戒心
载涛是朗润园合并为校园之前的
最后一个园主

园子里刚种的花蔫巴巴的
诗人的小春天谢了顶
幸好有几个女大学生灿烂如夏花
空气中飞来片片红的柳絮
浮想中杨柳依依雨雪霏霏
润泽覆盖大理寺

三

采薇采薇佳人在水一方，露尚稀，雨未歇
唯有我能分辨李清照蔡文姬的今生前世
左迁在岭南
天上白云若蒲团
何处望乡一枯一葳蕤？

问斯人，等到繁华落尽胡不归
早有屈原、李白、杜甫、辛弃疾一只只蜻蜓
此刻正立在莲花那看不见的高处
冷眼看我们在人间沙沙翻动诗页
不过浩瀚长河泛动的几丝涟漪

为何叫紫禁城胡同的墙总涂成灰色
所幸今天雾霾没了踪影
失踪不等于消失，如同片刻的慢
挡不住时代的快
静好的未名湖外中关村大街车如长龙

它鬼鬼祟祟的尾巴在汽车尾气中摇晃

2015. 5

新水调歌头
——兼寄子由并远斟太白

一

子由，怨只怨青天太小
而壶樽太大
月光总也斟不满
元符二年的柚实和椰叶
知不知江和村子
堂前两棵老橘红几声咳嗽的下落

鉴江的月亮也忙了一整夜
长安早已陷落，纵一仰痛成丙辰中秋
也不必惊动琼楼玉宇了
石龙井水早已盛满
数瓣橘子花的乡愁

乌台诗案与再放夜郎何等相似
从天宝到绍圣，从化州到儋州
子由，只有你家的拖罗饼
助我送酒且伴狂半夜
谪仙人的樽中月影，和我手中月轮
何等神经，仿佛一咬就缺半个大宋
月光为我腌好多少中原地

当我嚼到第二口时，我把辗转入喉的李诗
念成苏词，还是相同的方言

二

小饼如嚼月，中有酥和怡
我满齿的月光沾带了
多少杏仁桃仁花生仁麻仁瓜子仁
那么恍惚
我不是浣溪沙你也不是念奴娇
巧出饼师心，貌得婵娟月

来来请坐，罗江边上
我要与你共饮，你我非等闲人物
在这历史上月亮最耀眼的一夜
这千古一聚，
摆上拖罗饼，闲话江和村子
唐诗与宋词都在此失踪
就像再长的江河终要入海

注：拖罗饼是广东化州中秋节一种独有的小吃。1097年，宋代大文豪苏轼
（字子瞻）被贬往海南任职，传闻曾专门绕道到贬为化州别驾的苏辙（字子
由）家中品尝拖罗饼再赴海南。他食后赞不绝口，称"小饼如嚼月，中有酥和
怡"。苏东坡名篇《水调歌头·明月几时有》词前小序说"丙辰中秋，欢饮达
旦，大醉，作此篇。兼怀子由"。2015年杨克到化州，第一次尝拖罗饼，得
此诗。

[原载《中国作家（纪实）》2015年9期]

杨华之

> > >

男，诗作散见于《诗刊》《诗选刊》《北京文学》《飞天》《中国诗歌》《青年作家》《绿风》《扬子江》等国内期刊。曾获安子2014 中国十佳打工诗人奖等。现居东莞市。

微光（组诗）

低处的温暖

我驻足于寒风中这一平常之所见：石榴
木槿。这些新来的小市民
小邻居，正委身于摩天大楼撑起的
一片巨大的阴影里

寒冷，阴暗。注定它们只是这个世界的
匆匆过客。无法占据天时
地利。更无法
从这宿命的安排中突破一扇门

人和——这绝处逢生的神奇之光
逼退冷漠和夭折：一个瘦小的园艺工
衣衫单薄，把鲜花和硕果的愿望，用草衣
草绳，裹住这些幼小的生长

我一下子吮吸到扑面的香
心怀崇敬，我脱下厚厚的外衣披在他身上
我不想看到他在颤抖中停下来
哈气、搓手。我不想看到，他献出暖却收获寒

微 光

"总有微光照亮。"这尘世
有着太多的黑。作为在场者，夜风
替它说出忧伤的证词

太多的隐秘不为人知。唯有
它看见了：追捕、掠夺、厮杀
唯有它，夜不能寐

那些受难者。那些，流浪的羊
正迷失于陌生的山川、河流。甚至
一片带刺的野蒺藜

它愧疚于自己，不是太阳
不是月亮。它抱团：唤来北斗、牵牛
天马等星座，向危机四伏的大地
点起篝火

当那些扑向黎明怀抱的浪子，回望来路
静观草叶上悬挂的
星星的泪滴，并久久感恩于
这世间难得的悲悯之光，直至消隐

杨沐子

> > >
> > >
> >

笔名半遮面，生于 20 世纪 70 年代，写作、画画。曾做过编导，后成立"杨沐子工作室"。出版诗集《透明人》《另一次倒空》和画册《杨沐子画册》。现居深圳。

小 华

小华听见急促的喊声
小华听见厅里爸爸的喊声
小华听见瓶子椅子
还有嘈杂的脚步声
小华躲在床底下他记得爸爸说
无论发生什么你都不要出来
爸爸给你买小汽车
小华听话小华乖

那以后他再也听不到
爸爸的声音了，最后一次
是"啊"，撕心裂肺
且缓慢地，远到楼下街道传来了"啊"
后来，"啊"陷入寒冷的季节

后来，他流着口水，坐在窗沿
那个"啊"，拽着他的胳膊
把他拉到了另一个世界
似曾相识：在沙发上
他和爸爸扳手指
一起看电视，上面很多马
在跑，爸爸在旁边跑
一边跑一边对着电话说
"买"……"买""买"
可爸爸从不说"啊"
还不停地在报纸上画着
小华也画着，他画小汽车——
咯咯咯咯，他笑出了声

（原载安徽《诗歌月刊》2014 年第 3 期总 160 期"女诗人专号"）

东村的王老头

第一场雪下过之后
寒风就落在院子里
他看上去很无聊
弄来钉子、铁锤、木板
叮叮当当，叮叮当当
他烦了，他堆雪人

他烦了，脖子上还挂着毛巾
从东街到西街
从西街回到火炉旁坐下
他玩火他烦了
问"有小二吗?"
"没有"屋子里的声调
从来不会改变
他烦了他去厨房找
柜子里找，床底下找

可他烦了，烦了像传染病
在婚后这 30 年他的担心
不是没有理由，真的
再一次他们吵架了

（原载安徽《诗歌月刊》2014 年第 3 期总 160 期"女诗人专号"）

连晗生

\>

\>

\>

生于 1972 年，广东汕头人。现任教于广州科技贸易职业学院，为中国人民大学文学院博士生。自印有诗集《暮色》和《露台》等，译有波兰诗人米沃什及美国诗人史蒂文斯和洛厄尔等作品。

暮　色

在此，你的眼光看到他们。
那条有树的路上。那两个半走
半歇的身影。在那棵树前，
他们停下了：他们在那里站立。
他们并不相互靠近。他就
在她身旁：高而瘦削！当她
侧过脸去，她对他说着什么？
当她举起手臂：可以想象
（你清楚）她说话的表情——
她对他说了什么？你永远
无法得知。在这干涸的湖边，
他们在此走了多少次？当枝条
擦去一切的时光痕迹：明净的
天空余留几抹云彩。——他们
缓慢的脚步朝远处走去（那
必然性的身影!），你望着她
渐小的背影……忽然她消失了：
你拥有了惊愕的大片空间！——
（然而）然而，你又看见她
从一棵树后面，小鸟般跃出：
你看见她，走近他面前。他
也停住脚步。他们又停了下来：
那无法探究的凝滞！那无法
复制的时间（飞逝）！他们在
说着什么？你永远无法得知！——
在这谜语般的山岭上，汽车
留下的齿印；夕阳跳跃的光线……
在这一切之前！（抑制你心
的狂跳）你永远不能设想——

在这一切之前，浓密的树影，
某个夜晚某个角落……你永远
不能猜测，在你竭力转身快步
离开之后，他们又消失在哪片
树丛哪个山岭？居民区的灯火
尚未亮起，悲悯的暮色四处渗透：
那逐渐黑暗的树木，那
依稀可辨的身影。几个
零落的人从他们身边走过。
他们仿佛在说话；他们
并没有说话。他们在那里站立。
你的眼光看到他们。

（原载《书城》2005 年 10 期）

疗养院的风光

可以听到外面摩托车
突突奔上山坡。门外是那卖水果的
期待的眼睛。躺在床上，
内心的说话声。但你终于
挺起身子，仿佛踏上
体检中心的小径：
笔立的树木，斑斓的影子，
苔藓着力地攀附山坡。

走过小木桥，就看见
来时见到的大布帆，
下面几个座位，正对着一汪湖水——

围绕湖面，高低错落的
屋檐，轻抚着下午的阳光。在那些
临水的房间，或许
居住着某个要人。阴影
正移近他的病床。

沿着湖边走，繁茂的草叶，
令人疑入歧途。但一辆汽车
载着花盆，从背后响起。转弯处，
两三个园艺工人，培植
新的树种，曲折的草地
通往对面的斜坡——那几个家属
正缓步而行，一边谈论
人生的沉重话题。

无意中，你也转入花圃；
站在五角亭下。不——在亚健康的
招贴栏前：屏住声息。三两个服务员
收着被子，并往草地喷水。
垂钓者坐在曲廊
悬着竿子。微微的晕眩——
你听见了水波，是那
荡舟的同事，搅动平静的湖面。

——当然你望到对岸，仿佛隔世
树影在那边。但在此地
萦回中，你想到新的路径——
在娱乐中心，网球场响动
噗噗的打球声，卡拉 OK 房在黑暗中等待。
回来时——你惊异音乐
来自路边的音箱；你望着宿舍
飘动的衣服，那令人感动的安详……

是啊，（在路边）再一次回首
经过的道路、建筑和树木：
一座羽毛球馆正在兴建，
透过未来的阳光，将
展现在我们眼前；而载我们来的
游览小车，在路径穿行，
经过小小的木桥；
下面是潺潺的细流。

快六点了。冬天把余晖
抹在屋顶和树梢：是房间
传来的麻将声，打断了山岭的幽静——
模糊中渗着寒意，疲倦的人
走向餐厅。只有亭子
在湖心荡漾和矗立：带着爱的痛苦，
眺望天边的落日，
目送无限远逝的日子。

（原载《诗林》2012 年第 4 期）

吴乙一

>
>
>

原名吴伟华，1978 年 9 月出生，广东省平远县人。出版诗集《无法隐瞒》《不再重来》。中国作家协会会员，广东文学院第四届签约作家。

故乡的山冈上

这是我的村庄。出生、长大
不仅有安宁，也有贫穷
坚忍、挣扎，以及逝去的荣光
这里天空湛蓝
明媚阳光落满了山冈
这里静谧、荒芜，不见野兽潜行
唯有山歌流传

一些人出生
一些光阴死去。我游走他乡
留下众多亲人
长成乡间的平常植物，面朝黄土

他们依旧散落各个角落
劳动、休息，求医问药
风渐渐吹凉这个下午
坐在空旷的青草地，我的心一再妥帖
一再柔软

身后的茅草历尽一次次野火
每当秋天来临，便白茫茫一片
白茫茫一片

（原载 2015 年 6 月 23 日《羊城晚报》）

夜色下，忧伤地歌唱

他刚给家里打了电话。母亲说
家中一切安好；天冷了，要记得添衣
他嗫嚅道，过些日子我会寄钱回家

他刚用手机上了一会网
QQ 上所有的头像都像冻死的鱼
灰白一片，纹丝不动

他刚看着几个工友勾肩搭背
吹着飘忽的口哨
一阵阵讪笑融入沉默的夜色

他希望回到小镇，回到
曾经厌倦的课堂
隔着围墙，远远看她妖娆的身影

身份证被包工头收走了。他不知道
又是谁藏起了他的押金、工资、假期
还有梦想、欢喜

他刚给心仪的女孩发了短信
"我不只是喜欢你，而是爱你——
很爱很爱的那种"

他心怀忐忑，坐在冰冷的钢轨上
一会儿盯着手机，一会儿眺望远近的灯火
现在，他开始歌唱，声音低沉
四周的草木、脚手架、低弱的路灯

纷纷安静下来，轻声加入合唱的队伍

　　［原载 2014 年第一辑《诗探索·作品卷》，入选《2014 中国年度诗歌》（林莽主编，漓江出版社 2015 年 1 月出版）］

所有过往的日子

石阶一级接一级，陡峭的坡
停靠着松软的阳光
恰在此时，黄昏的醉意弥漫开来
樟树、繁花满树的灌木丛
收拢闪闪发光的新叶
我们一前一后
像两株不合群的植物，沉默寡言
远山归于安宁
偶遇素不相识的行人
怀抱一堆竹笋、蕨草，或翠绿野菜
后来，我们说到年少时
没有瘟疫、灾难、逃亡或历险
犹记得，十年，或是二十年前
读洛夫先生的《金龙禅寺》
我也像"一只惊起的灰蝉"
——所有过往的日子
原是你我奢华
而又无法珍惜的青春

　　［原载 2014 年 6 月《诗歌月刊》，入选《2014 中国年度诗歌》（林莽主编，漓江出版社 2015 年 1 月出版）］

台风过境

雨水落在远方
夜幕中的草木越来越深

他眉间的寒意因为潮湿
而值得信赖

当我从山中回来
看见他正往硕大的容器里填东西
像是收拾旅行的果实、酒水
又像是藏匿永无休止的
咳嗽和呕吐

我抬头看看漆黑的天空
安静、荒凉，仿佛哽咽着一场巨响

（原载 2014 年 8 月 29 日《中国电力报》）

吴迪安

> > >
> >
>

1956 年生，广东恩平人。中国作家协会会员。出版诗集六部、散文集两部。现居江门。

九月的灵魂

地面渐渐干燥了
松树清癯了，事物间
来来往往也减少了
一只蝉看上去已有疲累

它突然掉下来
在我的面前喝光了一罐啤酒
乘着那一点醉意，睡去了
它实在是累了

在一棵松树里面，待上整整一年
从幼虫到蛹，从蛹到成虫
你终于有了羽翼
飞起来像秋的使者

我欲乘风，我欲乘风
大风来兮，万叶凋零
我在松树底下
盖上了她的单衣

雨蒙蒙的黄昏

黄昏把书房和客厅也填满
他躺在西阳台，想起了他的爱情：
那时山林未曾关闭，他被留在那里

他还能背上她，四处走一走

山林漏下的，又把它接住
比如光、雨点、羽毛和叶片
她的叫声，她对他说过的话儿
她咬一枚果核，再把它吐出

他说黑了，全黑了
他要把屋子的灯火全点着
但他仍想躺一会儿，想想往事：
他在夜间做了些什么？

他和她在山林里遇上神仙
神仙要离开一阵子，要他俩照料一下
他一会儿忙这，她一会儿忙那
他俩合力把山林里的灯全点着了

何
鸣
>
>
>

生于安徽马鞍山。中山大学文学学士，广东省作家协会会员。
1987 年开始文学创作，作品散见于《诗歌报》《星星》《人民文
学》《中国作家》《文艺报》等报刊。著有诗集《过河看望一座城
市》《诗浅花浓》，散文集《目送芳尘去》。现供职于深圳特区
报社。

那天我在岛上

那天我在岛上
大海非真实地存在着
游泳池的蓝

白沙起腻
热带鱼搬家
海底安放着飞机残骸

我一共看过两次这样的日落
一次在东太平洋
一次在西太平洋

我发誓要看过所有的海

那天我在岛上
那片海
先是布鲁克纳，接着是德彪西
最终停止于舒曼

（原载《飞地》，海天出版社，2014 年第 6 期）

自画像

我把第一次画的自画像
撕扯了

觉得不好看

我想把所有的阴影
都镶上金边

好多天
一直还在想
画，还是等一会儿
再画

我渴望等待中的失败
我热爱它们在风中的张狂
总比上一次要乖

这个四季独缺了春天
我留下字条
写下：秋天来了

把画框收起来
我想起无足轻重的事情

（原载安徽《诗歌月刊》2014 年第 6 期）

余
丛
>
>
>

1972 年 10 月生于江苏灌南。《喜闻》文学丛刊主编。著有诗集《诗歌练习册》《被比喻的花朵》，随笔集《疑心录》。主编有《见字如面：70 后诗人手稿》《见字如晤：当代诗人手稿》、"还乡文丛"系列文集。现居广东，自由写作。

答问录

我不是酒色中的那人
我是在梦里借酒消愁

我不是被驯服的门徒
我从日常里认识生活

我的耳中有音乐天使
我有沉默寡言的一生

困顿之年

站着睡觉的人
借过冬风的刀子
枯山水
无寄遣怀

躺在冰刃上
况乎翻身
惆怅的诗意
纸面的霜白

那中年
装睡是叫不醒的
写小诗
句句倒春寒

寻隐者记

驱车到郊外，正是雨后的黄昏
我们在外环线的岔道口
选择通往深山里的一条
另一条通往了喧嚣的省城

有时是弯道，有时是险途
满车的尖叫声躲开石头和丛林
即使是车窗外的风景
也不能令我们减速的心平坦

哦，冒昧寻访的隐者
已备好酒水和山泉养过的鲩鱼
我们欣喜于宁静的野居
杯盏间，把礼数已丢在来时路上

带你去看一棵树

带你去看一棵树
我会从枝蔓开始梳理
让你看得更清晰
这一条枝干的茂密
和另一条叶茎的稀疏
我会教你识别
树叶上或大或小的虫斑
以及树皮如何地运输养料

我会告诉你树的年轮

而树花的开败

在结果前又是多么的艳丽

我还想让你看看

树杈间的光照射下来

鸟窝在树梢上

而掏鸟蛋的人搬来梯子

我会和你闭上眼

想象树根抓紧的磐石

或许正在通往地下的河流

我想让你明白

直至是整棵树的命运

直至我和你

成为树上的那对啄木鸟

［原载《汉诗》（总第 26 期），长江文艺出版社 2014 年 7 月］

汪治华

> > >
> >
>

汪治华，男，1966 年 12 月出生，安徽望江人。现居广州。出版诗集两本，发表诗作 300 余首。

睡

睡眠是夜的外衣
但我常常惊醒，梦见自己赤身裸体
想让一只兔子帮我睡
我一直累在寻找睡眠的途中
我的手，放在打印的边界之外
举着黑，抹向所有的镜面

要坚决得如同一滴水
河水在醒，我沉沉睡
老虎、狮子和它们的吼叫
在世界的远端，与我的睡眠
遥相呼应

与时间对抗的唯一方式
就是睡。我携带睡眠，去廿会、看花、会友

一颗石头里的睡，它足够长
够一个人，用一生去等待
去，去远方睡。一个人，彻夜起身
赴晨光之约

再深的睡，都相当于一半的醒
许多人从未睡着，从未在睡中遇见
更深地睡着的，那个爱他的人

花开短暂得如同嗜睡
他应该真是醉了，不醉怎么独自去睡
从不装醉，却从未有过真眠

睡吧，高山上
春风在牧马。涛声会洗净记忆中
至今未眠的部分

要看见每个字里深深的睡意
要感受每个字醒来时的巨响
我们祈祷，那些经过漆黑的夜晚
赶去最寂静之处的雨声

一定有比夜晚更黑的东西
那是劳累的物质，在睡中醒着
睡眠，当风行于水面
日夜之奔波，就是如此而言的海

不想与眠者对话，而我常常
又无法推辞。不想弄醒任何醒者
因为害怕他们也会赶去睡
有何不同，当大雪与大雾
立于秋风的两面

一个冬天有多美好，它就有
多深的睡意。万物皆有雪花之姿
去梦中睡。看见自己醒着的一半
夜如果也叫妩媚，它会让人不想睡
夜如果还残存一些美好，我当沿着这条
暗黑的光线，一路走，走到白天

2015. 3. 14

桃花之一

桃花是这个夜晚唯一的白
她是失眠中的失声
桃花的绒毛属于幻觉
看得见，触手却无
含着桃果，不敢咬牙切齿
不敢针对任何一种怀念

桃花开得我全身冒汗
她是一个人最少的负担
就像我现在，剥开她的外瓣，漂于水上
桃花是一江水，隐去一江春
桃花是一江雪，隐去那段青

2015．2．14

水或矿泉水

打开盖子，打开天空
打开这，进入内心的秘密通道
我坐在这里，拿瓶水，等一次相遇
等一次世界高烧的度数
一次心灵的重量、透明、公平和水平

把一艘船放进瓶子
把一年的好天气放进瓶子

这瓶子，美好的，水的家
水没有历史。它被装进矿泉水瓶
只有短短几十年，以前的几千年，将一笔勾销
水贵于油，这是统计学上的真理

天空具有净化的功能，从来都是
一个个捡来的脏瓶子，站在雨里，等雨
物理学上的水，不是化学上的水
更不是哲学上的水。它是我们唯以寄托的
诗意上的水，在字词间游动

从一条河，到另一条河，翻山越岭
追逐风，填补空虚与渴望
看一个瓶子，一个够大的池子，接雨
雨水不断地溢出来，多么欢乐
你听水，流着流着，加速度流着
就成了瀑布，瀑布是速度极限上的花
世界上的王，只有一个：水声

沏杯茶，陈年旧梦可以复活
三万里江山，以水为界，以水为壑
以水来分清黑白和高低
一个容易澎湃的人，一杯水就已足够
永远永远也喝不够，谁说我们的身体
不是曾经的大海

用水来拼凑我们的思想
用水来激活我们的眼睛
它在转动，它看见，一晃而去的美丽身影
水流着流着，就到了天涯
水流着流着，就这样，高于大海

2014．3．8

宋
晓
贤

＞
＞
＞

诗人。1989 年毕业于北京师范大学，1992 年开始诗歌创作。为
《葵》诗刊同人及《白》诗刊同人。现居广州。

富病，穷病

爸爸每次买菜都是
土豆、青菜、胡萝卜……
妈妈感叹：我们每天都是这样……
不过，简单的饭菜应该很健康的
小麻拉道：对呀，
整天吃大鱼大肉容易得富贵病
我们吃简单的
既不会得富贵病
也不会得贫穷病

尴　尬

不能不承认，这平凡的生活
已经开始让人尴尬
这不，我刚戴上口罩开始呼吸
旋即又要摘除口罩准备吃饭了

英　雄

我知道战争的可怕
我因害怕死亡而害怕战争

因厌恶死亡而厌恶战争

每天，我都在尽我的微力

减少战争的可能

我不打老婆，不骂孩子

忍耐他们的冒犯

疏导不满情绪

尽力维护着一小块领土的和平

但是，最后，他们为什么

发勋章给作战勇敢

杀人有方的战士

却把我看作软弱无能的懦夫？

（原载《南方都市报》副刊 2015 年 3 月 27 日）

张
尔
> > >
> > >
> > >

诗人，策划人，出版人。他发起过"新诗实验课"等多项诗歌及
跨界艺术活动，曾策划"词场——诗歌计划"中国当代艺术与诗
歌第一回展（2011，深圳，华·美术馆）、聚会——刘锋个展
（2014，深圳，罗湖美术馆）等。著有诗集《乌有栈》《六户诗》
（与人合著）。主编《飞地》丛刊，并创办"飞地传媒"，专事文
学与艺术传播和出版计划。

契约

冰冷、杂芜、破碎，被浓烟熏黑
而依旧坚硬
在一片荒地间被拆乱。
这些残缺的砖头，灰青的土脸
像我祖先阴干的皑骨
命中死亡的昨天。
它们横仰在宗室的屋基前
曾被窑火煅烧，被烈焰炙烤
它们悲苦的身下，埋压着蚂蚁、蚯蚓
和亲人的脚印。
祖父病亡，祖母瘫痪
房子借给异乡修铁路的工人
绿色车皮引燃红色火焰
电炉烹熟他们僵冻的晚餐。
我们曾翻滚的床榻
父亲从深山扛回粗壮的樟树，
他母亲的棺木——她死的归宿
涂在鼓皮上我母亲教会我的汉字
篾制的摇窠，和弟弟木造的三轮
它们被线圈的血光吞噬
而成消逝的亡魂。
除夕祭山，炸响的爆竹
乱窜于杉木和枸骨丛间
最后一只，在坟头伫立
泥土上青烟似铅云凝重
父亲铺开一张房契
抽噎，弯身，长久地跪着
一如沉砖的大雪骤然压向

他的白发，他花甲垂暮的晚年

2014. 11. 5　为故乡毁于失火的祖屋而作

（原载《诗刊》2015年6月号下半月刊）

张
况
>
>
>

广东五华人，1970 年 12 月生。中国新古典主义历史文化诗歌写作
重要代表之一，中国作家协会会员，广东省作家协会主席团成员
兼文学评论委员会副主任，佛山市作家协会主席，佛山市文联副
主席。著有诗集、诗评集 23 部，主编诗文选 13 部。代表作有
80 000行大型历史文化长诗《中华史诗》。

中华史诗·秦卷

第一章　一颗野种对决一个冒烟的时代（选段）

1

时间龟裂的卜文
显示权势的动因
那开叉走形的不规则纹路上
潜行着一条小心翼翼的阴谋

历史漏雨的扉页上
一堵开小差的围墙
包不住漆器上光鲜的命运
一团团怪兽模样的积雨云
正酝酿着假戏真做的乾坤

看吧，美貌红杏出墙
她扭动着动人的腰肢
张胆与那好色的阴谋
野合出一段冒险的风流史
为接下来即将开场的好戏
埋下一处动魄惊心的伏笔

石头上冷冰冰的火焰
像一苫漂移着的恩怨
烤焦春梦的五脏六腑
那些不断迁徙的黑暗
透过风暴遒劲的呓语
遮蔽时间惨烈的骨血

赵姬肉感迷人的三围
露出妖冶丰满的性欲
她那潮湿的裙下风光
摇曳若隐若现的魅影
将令人窒息的吸引力
搭建在爱情的拐弯处
此刻，她轻佻的媚眼
正与一位吕姓生意人
撞出一颗不伦的火花
为一段属于国家秘密的婚外情
敞开了一个巨大的合同制漏洞

时间幽蓝幽蓝的湖岸上
一颗身世另类的小野种
身上流着别人夺位的阴谋之血
发出一声抓握一切的异样啼哭
这颗名叫嬴政的风流野种
竟然在庄襄王的眼皮底下
无可选择地顺利呱呱坠地
他那散发光芒的一双小手
冒领了一张显赫的出生证
为一个诸侯国烂尾的命运
续上一截被掏空的身子骨

这个吕老板真的过分
他像吃了豹子胆似的
冒着巨大的生理风险
将传宗接代的大买卖
做到人家后宫里来了
他居然神不知鬼不觉
在庄襄王的近视眼里
偷偷撒下一把迷魂散
然后就开始明目张胆

进行着第三者的勾当
他那双偷梁换柱的三角眼
在月光下透射着幽蓝的光
没有人知道那两汪深潭里
藏着怎样不可告人的涟漪

这位挨刀的吕老板
在神不知鬼不觉间
愣让毫无戒心的老糊涂庄襄王
乖乖地脱下了头上庄重的王冠
换上自己预先为他准备的绿帽
然后像什么事也没发生过似的
躲藏在自己精心设计的阴谋里
掐算着即将到来的丰收时节
一旦有了嬴政这颗貌似正宗的嫡传棋子
吕老板从此以后也就等于在别人的宫廷
顺利扎下了一枚属于自己血脉的软钉子

(原载《海燕》文学杂志 2014 年第 5 期)

陆燕姜

>
>
>

笔名丫丫，广东潮州人。广东省作协理事，二级作家。出版个人
诗集《变奏》《骨瓷的暗语》。

秋之回旋曲（组诗）

秋　辨

钻进一棵开裂的树
我打开了另一个世界

季节适合迁徙。而我
适合飞翔

没有翅膀的飞翔
无须任何特技的飞翔
丢却逻辑本身的飞翔

我的语言里藏着石头
如果你相信命运很诡谲
这小小的石头，也会振翅
证明它是鬼才的化身

藏在一场纷飞的落叶中央
我掂量不出自身的重量
捷径的敌人，就是捷径本身

这场叶雨，肯定是从时间的深处下起

秋　疑

一捆笨拙的信
一只头颅低垂的邮筒

一簇正洗着一手好牌的雏菊
一根被枯枝悬住了的断弦

被催眠至隐形的一张脸
紧闭摄受的五官。

我怎么也想不明白

我是如何
被一丝不起眼的细绳
紧紧地，和这个秋天
绑死在一起

秋　痕

熨平褶皱的逻辑
我伸出了
温烫的触须

比孤独更孤独。
我们遭遇了爱情，却
无法让它清澈见底

我的灵魂，安装着迷人的开关
而它，更适合逆反。
开启与关闭，都让我轻易跌倒

从一块疤，到另一块疤
我们企图将自己指认
在一片枯叶的脉络里，清晰旅行

伟大的事物并不见得比平凡之物
更好辨认。匿痕中的形而上学

我们在落叶的轨迹中，抽象地活着

[原载《时代文学》2014 年 6 期（上半月）]

阿

鲁

>
>
>

湖南衡南人。作品曾发表于《星星》《青年文学》《中国作家》
《中西诗歌》《诗探索》《台湾新闻报》等文学刊物。著有诗集
《消音室》。

我想拍一部电影

我想拍一部电影
拍一个人在黄昏走向远方
不要下雨，也不要有凛冽的大风
他一直向前走，既不回头看
也不要坐下来休息，或者抽烟
就好像他身后并没有什么
需要他等待或回顾
地点最好是在一条老街上
没有其他人走过，更没有人
注意他的到来和离开
甚至连一只狗或者猫
都不需要在镜头里出现
自始至终，他都不需要说话
我要让观众只听到一个声音
就是他的脚步声
平稳有力，始终保持着一贯的节奏
就这样一直走下去，不要太快
也不要太慢，直到我
再也不想看到他，直到我的眼睛
渐渐模糊，渐渐干涸

"别埋掉我"

我相信我的恳求会带给时间一个停顿

——米沃什

小男孩法理德·舒基无力地
躺在病床上，苦苦哀求

他曾亲眼看着家人和朋友不幸去世
他害怕地下化石般坚固的黑暗和冰冷

那些脾气暴躁的玩具
长着丑陋的脸，它们的笑令人反胃

这是为成人准备的世界，他们不读孩子的书
法理德·舒基的头被一整个地球击中

他的恳求，是他最后的抵抗
他等着父亲过来，合上他流着血的双眼

火车上读《曼德施塔姆夫人回忆录》

她的脸就像这片辽阔的树林
一小片灯光
让我从她的黑暗中脱身

事实上，并没有一盏灯

可以照亮她。在黑暗的树林，不被看见
比看见更危险，更令人绝望

就像她要开口说话
一只鸟从太阳底下飞过去
而整片树林都在等候着，默不作声

阿
翔
>
>
>

生于 1970 年，著有《木火车》《少年诗》等诗集。获《草原》
2007 年度文学奖、2009 年第六届深圳青年文学奖、"第一朗读者"
2013—2014 最佳诗人奖、2014 年首届广东省诗歌奖、2015 年第二
届天津诗歌节"精卫杯"奖。参与编辑民间诗刊《诗篇》。现居
深圳。

新　诗

最先看见的是新年紫姹万千
远不如神秘的诱惑。如果我没有围绕它转
如果我不能肯定，我们的新诗
无疑带来奇迹般的缄默，仅仅凭绵延
必使多数人昏昏沉睡，无须指点——
骄傲原来如此直接，用厌倦去谈论天堂图书馆，
这本身是不靠谱。只需要好奇心
即可引向一个新诗的未知，
确实这么说，我们的山水解决了上帝
的阴谋，就好像单行本重新
塑造了短命的时间

新的角度低于自我陷阱，我不会想到
鸟虫相继变色，伸手就触到圆柱
和很多食物，就知道古老的记忆不能分享
如果我擅长的不是用火包住纸，我们的新诗
不会因了海风的托底，就显得孤零零的
或者，这巨大反差来自辩护词——
我从未遭遇过的私人生活，有如妻妾成群
瞧，每个人善于掩饰新诗的影子
甚至迟疑，这不同于歌剧院的表演
在这里，新年隐藏于必要的错觉，从一开始
不用再介意从警句到客串的游戏

旧岁诗

无数新生的水果，代替你发出嗡嗡声，
（这其中的此起彼伏无可掩饰）
它的戏剧，并不太合适于多枝。趁着我们还在旧岁，
不妨交由腊月选择，或在二十八日
再正常不过，看上去很光滑，
当然，抛开这些不谈，影子的空壳是个例外。
其实没那么奢侈，不是我不想获得平衡，
因为我无须像（面对腐朽的一面）那样，
可以巧妙地转换视角，或许还有更好的光亮，
积满了普遍的灰调子。但是诗，
绝不会混迹于水果的乌托邦。
你想想，我们的旧岁并没有充分的理由，
怎么可能预言必要的邀请？假如你
不想挽留，至少会经历召唤和漫游之间的
暧昧关系，（还不能一分为二）
即使外表的生活有些异样，按照虚构的逻辑，
榨取点辉煌的确不难，对我而言，
似乎来得不晚。此刻脚手架示范出具体
空间，（包含了水果的地理概念）
你会明白，旧岁仅次于我们的污染，
确认了腊月柔软的秘密，（比蔚蓝
还偏激），就好像能飞的独角马，
脱离了一首诗，足以让我们灵魂出窍。

夜行诗

有不知去向的终点，其含义轻易
渐渐被人遗忘。在你遣怀时，月亮不止一次
神秘地比喻夜行，我有你多语义性的
花边新闻。这不同于一个插曲：幽暗中
你感到风景的流连，几乎与春日的加油站脱节，
多出来的时光潜伏你身上，哦，有点像
自己的副本，只剩下暧昧的小动荡了。
换句话，我不打算挑剔这里面的
天赋，其实你不懂树木的夜声，
偏向于汉语的变形记，并听任短暂的
分神，所以你的记忆更适于速朽，
胜过近距离的彼此打量，以至于我们
漫步在最不可能的地方，如同白昼
迷上了月亮的轻喜剧。今日的
津津乐道，丰富了本来面目，这也难怪，
自然的韵律才是夜行涌动的秘密，
比如，我以诗为无用之物，用来温习
有效的步骤，除非再耐心一点，
不然会散发出旧律法的气味。说点实际的吧，
差异并非是一个完美，即使你全然无知，
终点也不是生活之外唯一的目的，
毕竟，我们的夜行重复我们的阴影。

（以上原载《山花》2014 年第 6 期总第 535 期）

阿
樱
>
>
>

阿樱，本名余淑英。诗作入选《中国新诗选》《广东作协 50 年诗选》《广东诗歌精选》《新世纪诗典》等选本，出版个人著作《南方有薄薄的霜》《风吹向陌路》《离别又在清晨》。现居惠州。

纪念日

只能说是梦。梦一样的山势
起伏着我们的身体
还有衣绸下面的薰香呢
山风在飘荡
一种欲望。你的欲望是何等地
显山露水

你在爱中对我说：爱
爱我地上枯败的落叶
爱我为你消瘦一圈的腰肢
……爱我，不停地
而一束光线惊醒了我们
我终于看见你啦！亲爱的
你的衣扣掉了
散开的衣角如剪
会剪断我　剪断我的头发的

陈马兴

> > >
> > >
> >

笔名马兴，生于广东雷州半岛西海岸迈特村。中国作家协会会员。入选多种选本及在《诗刊》《诗探索》《诗歌月刊》《作品》《南方日报》《羊城晚报》等发表，著有诗集三部。现居深圳。

幸福的闪电

雨，仍在下
屋外的蛙们也叫个不停
像磁针陷在破损的唱盘里不停转动
单调的鼓噪，磨出夜的缝隙
熟睡中的女儿嘴角微微翘动
她的梦？
如幸福的闪电，划过我的天空
山谷的晨风，撩动诗神的鬓角
掖好女儿踢翻的被角
此时，我的心中
似有一颗蓝星在夜里闪动

（原载北京《诗刊》2004 年 4 月号上半月刊）

小的是美好的

我摸不到它的边
摸不到它们温暖的细节
这些冠冕堂皇的事物
存在看不见的黑洞
在这生生息息的轮回中
我曾被妈妈告知
蚂蚁虽小如尘埃
却也有四处闯荡的梦想
蝴蝶因为轻

可以飞得像一朵蒲公英
落在土地上也是一粒种子
小的是美好的
妈妈的话也是小的

（原载北京《诗刊》2004 年 4 月号上半月刊）

陈
仁
凯

>
>
>

男，1972 年 10 月出生，澄海人。现为广东省作家协会、中国诗歌
学会会员。出版诗集《河流的梦想》及《灵魂之门被谁打开》。

广州 （外一首）

五羊是一种传说，谷穗也是
镇海楼把越秀山驯养成
一匹温驯的兽，低着头饮水

听说已经有一千多年了
上下九的城墙层层叠叠
谁听得见它们还在说话

荔枝湾尚有一泓流动的水
些许逝去的容颜，打开木棉
花事喧嚣，有人沽酒过市

黄花岗依然酝酿着半夜的
惊变。小蛮腰只是一个
走出西关的女子，面朝大海

火焰迸裂，一座城池修炼成
仙：花朵铺就热烈的夏天
淘金路上，多少人破茧化蝶

望见越秀山
它是这座城市的眼睛
看得见海，看得见炮火
看得见船桅高过天际
历史高过时间

它是这座城市的肺
呼吸着秦汉的月光
呼吸着宋代的瓷器

和明朝的丝绸
甚至呼吸到晚清的鸦片

它是这座城市的魂
留住了飞腾的五羊
留住了虚幻的神话
留住一把钥匙
可以打开南中国海
紧锁的眉头

它是父亲和我的一段记忆
几乎在相同的年龄
我们拥有
它的青葱与幽静
只不过
父亲感觉到
它苍老中的青春
我却感觉到
它青春中的苍老

（2014 年获诗刊社主办首届"美丽广东'观音山杯'全国诗歌大赛"三等奖）

陈
计
会

>
>
>

广东阳江人，70 后，中国作家协会会员。阳江市作协副主席，
《蓝鲨》诗刊执行主编。作品散见于《诗刊》《十月》《北京文学》
等国内外逾百家报刊，入选《中国散文诗 90 年》《新中国 60 年文
学大系》《中国最佳诗歌》等 90 多种选集。曾获全国散文诗大赛
金奖、全国鲁藜诗歌奖一等奖、第 15 届广东省新人新作奖。出版
诗集《叩问远方》《世界之上的海》《岩层灯盏》《陈计会诗选》
四种，主编出版诗选四种。

童年纪事（组诗）

打　铁

叮当叮当叮当叮
声音的小径，环绕——
乡村的草花蛇。你们循声而来
他也是一块烧红的铁。
胸膛赤裸，暗红的烈焰
急促的锻打，火花四溅——
流动的彩釉，将脸绘成古陶
——你们同是半坡的传说。

大你三四岁的孩子，拉风箱
瘦瘦的肋骨下，肺叶翕张
也许，那里埋藏着
另一只风箱，被贫困拉扯。
关键时刻，手或鸡爪——
也抡起铁锤，清瘦的敲打
在你们热闹的围观之下
具有了加速度的激情——
叮当叮当叮当叮

突然，上课铃将你们哄散——
你无意中回瞥，发现那目光里的水蛭
叮住铃声响起的地方；叮当渐远——
你不知那块铁会锻打成什么
每一记敲打，仿佛从肋下传来，隐隐

乡村电影

霎黑，人影绰绰
大人从地头屋角蹦出
零乱的声音，渐渐
安顿下来；但有些
无法安顿的，那是飘逸的
汗味、烟味，混杂着——
水稻、芋叶、青草的淡香
与虫鸣将地塘团簇，夜雾的触须

光柱将我们变幻的
手势，打在墙上或白布上
作为序幕；随着机轮"嗒嗒"
转动，目光如牢固的钉子——
它有着磁铁的方向
方言的解说里，不时爆出
一阵笑声；而我们，往往看见
两队人马在厮杀、冲锋
一挺机关枪喷吐火舌——
坏人成片倒下，偶有好人
挂彩，也是硬撑着；最后
倚在另一个人的怀里，翕张着嘴
……头一歪，接下呼唤、寂静
——不知何时，我已迷糊
忘记大人教诲：困时舔一舔生盐

当在清凉的露水中被摇醒
我感觉好像多年以后
月亮的风筝，挂在树顶
潮水退去，地塘泛着青光
头脑空空荡荡，仿佛

一切并未发生

麻 雀

这么多年，嵌进时间里的鸟鸣
还长着尖利的刺，偶尔触及
我的手指惊悸：云层里瑟缩的闪电
掏走檐下雏鸟，不经意间
一道伤疤，难以宽恕童年

我目睹它们翻飞、蹿跳、零乱
没了方向：时而树丫，时而墙头
日光碎落，薄薄的秋风
裹不住瘦小的身子；那嘶鸣
像日后法庭遇到那农妇的控诉
花白头发抖动，起伏如苇草
难忘它们眼里的湿润、灰暗，以及细碎的
火焰；秋空下的影子，似乎又那么遥远

（原载 2014 年第 5 期《绿风》）

陈会玲

>
>
>

女，1977 年 10 月生于广东韶关。有诗、散文、随笔、评论见于各报刊。作品入选多种选本。现供职于南方报业传媒集团。

到花田去

穿过花田，中年的身子
停顿。像陌生人
停留在了人群中
再灿烂的春光都是
单一的。这些怀揣秘密
的花朵，拥挤着
也是单一的
而短暂的到访
让花田陷入了更大的寂寥
即使如此，风吹过山腰
雨点折返云层
那尽可能展开的日子
是孤独的人掸去
身上的灰尘，是旧风景
动用了我内心的暮色

（原载《中西诗歌》2015 年 01 期）

你的故乡打动了我

正午的芦荟地没有风
田埂把农人送回了村庄
在山的那边，炊烟已经升起
懒汉也饥肠辘辘，骂骂咧咧着起了床
高处的草亭安置了我的急躁

石子掷进山塘，涟漪给出暗示

你正在来到我身边的途中

所以我不能轻易离开

所以我手搭凉棚，直到凉棚上的草

由青到黄，被冬天的风吹掉

我给你的信还在桌上

犹豫着要不要写上：

"我从未看见过你，

但你的故乡打动了我。"

（原载《广州文艺》2015 年 6 月）

断　裂

想到这个词时

我先是模拟了一下它的声音

轻微的，暗夜里珠子掉在了地板

巨大的，狂风吹过树林，枝丫被撕扯

恰好的，合掌拍死一只蚊子

清脆，力道刚好

接着，我审视了它的伤口

汁液、颜色、形状

辗转不同的角度，从云端到脚尖

变换着同情、不屑和痛苦

其实我最在意的还是姿态

缓慢脱离，出于自愿，才最优美

但我又惯于嘲讽优美

被骂，被踢，被轰赶

像一条老年的狗离开了家

这样的狼狈，才更决绝

（原载《广州文艺》2015 年 6 月）

陈陟云

>
>
>

男，广东电白人，1963 年 2 月生。1984 年北京大学法律系毕业，从事司法工作。现居佛山。出版《燕园三叶集》《在河流消逝的地方》《梦呓：难以言达之岸》《陈陟云诗三十三首及两种解读》《月光下海浪的火焰》等多部诗集。获第九届《十月》文学诗歌奖。

新年献词：闭门造车

这一年，我只想闭门造车
把四面来风，炼成晶体，合而成墙
加上蓝天做顶，渊潭为基
一间密封而透明的屋子
没门，也就无须关闭
此屋甚好，活计一物无

挟来众多的道路，让它们联袂起舞
然后微澜般静伏
造车的过程，可以想象，也可以忽略
无非是一朵花的开谢，一盏灯的明灭
此车甚好，无毂，无轮
无形，无影
破墙而出便可合辙
虽是南辕北辙
但此辙也甚好，坐地进长安

（2014 年 11 月发表于《山花》第 22 期，12 月发表于《诗歌月刊》第 12 期，收入《2013—2014 年中国新诗年鉴》）

茶马古道

"马背驮负的是生存"，接过马缰时
我并没有忽略那牵马的手：突露的青筋
宛如古道，隐于黧黑的土地

沿坡而上，隐隐发光

"之后就是山，山山相连，如牙齿

在牙缝间，你只会听到马蹄的回响。"

或许，我该不是第一次在山中习骑

对应于某一朝代，敝人擅骑，尤精箭法

策马，张弓，瞄准：哦，在历史的射程内

一个彪悍的男人出现

死过千次之后，他会如期再死

但脸上刀劈的疤痕，却是生字最重的一撇

扯着他斜扣的帽檐

他的马匹精壮，马帮强大

杀戮之事，仅只是烟杆上轻冒的火花

他们嚼在口中的话语

酸甜苦辣褪尽

散发着女人吻别的留香

花梨和云杉漏下的光影

注入身下的泥土，如水，催生爱情和死亡的种子

长成娴熟的骑术和刀法

他们的头颅，系在马缰上

更是系在远方远远的梦中

一箭射出，我在倒下的一刹那，只看见

高高的云杉树顶上高高的白云，高高的白云上高高的蓝空

（2014 年 2 月发表于《山花》第 3 期，12 月发表于《诗歌月刊》第 12 期，转载于《诗选刊》2014 年第 4 期）

玉龙第三国

那时，雪线很低。所谓风花雪月
是一场风挟万花之香，一片雪映圆月之明的缩写
我们历尽险恶，辛酸而决绝
很想用一种白描的手法，写下
一路走来的雪事
雪当然很白，白得一尘不染
而事一描就黑，像白纸里的黑字
描成别人口中的故事
足迹是最准确的记载
从云杉坪直到十三座峰巅
十指紧扣，幸福的泪水冻结了十根柱子
而后的情节，就慢了下来，慢到口弦的旋律里
是风中的恋蝶花，走遍一座雪月空城
两个人立在城垛上
跳吧，灵域净土已在心中
我在铂尔曼的床上等你——

窗外，阳光四射，远望玉龙雪山
雪线已高到峰顶

（2014 年 2 月发表于《山花》第 3 期，12 月发表于《诗歌月刊》
第 12 期）

林继昌

> >
> >
> >

诗人，艺术家。广东揭阳人，现居广州。曾主编《新潮人》《中国红俑》。已出版《浮世浑象》（油画集）、《西厢画记》（油画集）、《诗意的寓言》（油画集）、《浮世文辑》（文集）、《断崖·梦》（诗集）。

修安谷

——致安石榴

将一个诗人的名字　安

植入一处山谷

就像侧立在深潭上面的松树

已经咬定青山

自由落体的松果

正被悠游的鞋子踢踏

滚过一段坡面

又懒得动弹

疏木　修竹

毕竟是尘世的漏洞

眼底展开万亩的绿

被四围山脉交臂环拥

远到天边的日照

看管着漫山吃草的云

天空暗下心事

云烟旋去晕化林子的忧伤

尘世的喧嚣

顺着一条清澈山溪

倒映深潭

只让鱼儿

咬破水面的寂静

修安谷　诗者给灵魂命名

便将半生漂泊

浓缩在一椿山水

2015．3．5

注：修安谷，广东增城芦荟种植基地业主赠予诗人安石榴读写的一处
山谷，由诗人自己命名。

林程娜

> > >
> >
>

1984 年生，广东揭阳人。中国诗歌学会会员，福建省漳州市诗歌协会会员。著有诗集《那一刻蓝色的倒影》《60 首诗》。

我一直在这里，只有你能看见

我一直在这里，只有你能看见
就如同　只有风能抵达季候的心脏
他们取走的是我种下的粮食、果实
你留下的是阳光、空气，与水滴

我每天被你照耀，呼吸你，饮用你
一味地索取只因无偿地奉献
他们惊异于我的丰茂，却不知
这一切都来自于你的赠予

从我之中，我要取下你
把毛孔关闭，把气管堵上，把嘴巴合起
生命因此枯竭而消失
他们找不到我，我已同为你

林
馥
娜

> >
> >
>

二级作家。著有《旷野淘馥》等诗歌、理论、散文集多部。作品发表、入选国内外多种刊物及选本、高考模拟试卷及《CCTV – 10诗散作者及优秀作品》栏目。被评论界称为 70 后女诗人中的佼佼者。获首届国际潮人文学奖——文学评论奖、广东省大沙田诗歌奖等。广东省作家协会诗歌创作委员会委员。

雨崩村

一湖秋水
它可以漂着落叶，可以抱石怀沙
但它要有足够的清澈
有时用来映月，有时用来看水底天
更多的时候，用来影照
无名的小花，高扬的旗幡

牛羊散淡、万籁悠悠
这朴素得近乎庄严的经卷
澎湃至极而自隐
上山，下山，骑马，步行
必须以最原始、最动荡的方式
达梅里山下，泊无痕秋水

洛丽塔——萝莉

午后，清茶暂歇
一卷天香绢
透着微白的淡黄

仿佛缅桅子
旋转着，盛开带舞步的花

笔走龙蛇的纳博科夫
将突如其来的灵感
宛如大写意，泼墨于绢素

被涂抹的处子
是在一生里用橡皮擦了又擦
还是从尘埃里
开出一树可敌苦夏的繁花

扭头相背的一生

丝柏与西北风的较量
日见脆弱
关于命运的预见
你已窥探太多

反复播种生活暗调与希望色彩的收割者
退到听不见摇唇鼓舌的耳后
只关心麦田与橄榄树，宽阔与寂穆
那落日后的宁谧与孤独

"忧伤不可以集中在我心里
好像水集中在沼泽里"
疯狂表象下无比清晰的思想
繁殖一棵棵扭头相背的葵花

我不愿停止阅读。不说
纯粹的热爱高于一切教义

更不愿合上这杳如星空、近若脉息的
共同一页

［以上原载 2015. 2《大潮汕女子诗选》（现代出版社）P73～86
页，十二首诗歌中之十一首。］

盲
镜
>
>
>

原名李胜发，1992 年出生于广东梅县，客家人，后入蜀四年，现居于深圳。在《中国诗歌》《星星》《诗选刊》《飞天》《山东文学》等发表诗歌。2014 年出版诗集《结绳造句》。

青年游

1

那些发芽的青年，操持外地口音
结义、划拳、以跑马的名义向人类敬意

舌苔的炎热，翻身而上，通红脸谱
揣着蒸汽修炼。仅仅一夜
把一头蜥蜴修炼成江洋大盗，在体内兴云布雨

2

凤凰台上，触须抓满夏天的羽毛
饮鸩止渴。塑造卷发，一腔鲨鱼饶舌

车过城西。信封满江南
腹部的琴声从歧义的花丛骑马归来

3

满身酒气，一半被皮靴带走
一半被面无表情的杏花带走

手相磨成艳阳天。那些笑脸
和我们草坡的清白，占有70%甜分

4

琥珀色的妖怪在双核处理器病入膏肓

喉咙喷火，黄蜂频扑，贯穿
那个双腿的盛典。塑料色天空是街道的呜咽皇帝

5

青年的视线，与女高音脑袋齐平
味道辛辣。我们叫它野兽，或者旅行中队的兴奋

肥胖的大陆架，金属豪猪，手提利刃
唇如牙膏，声湿耳蜗
额上瞭望塔，像素朦胧。有个弹孔，在尾注学中胀大

（原载《中国诗歌》，人民文学出版社，2014 年第 4 卷）

竹子林

我依旧在南方，从一个省份到另一个省份
没有悬崖，没有雄鹿
粗犷的人生却再一次向下运动
这些年，人群丛生，丘陵越来越平坦
高速公路雨季贫乏
——那些瀑布早已在高架桥形成
两小时之后，它们会成为太平洋的一部分
我那么喜欢灰色的鲸鱼
还有翠绿的椰树，像一道风景
真安静，没有喧嚣
那些自我救赎的受害者
读着《唐诗三百首》，在那儿
有几个做梦的男人，灌下葡萄酒

生活无关紧要

甜蜜的窗户有月亮，仿佛荷包蛋

从屋顶游荡开去

卧室里的人都拥有新生活，保守秘密

并赞美不太糟糕的事情

比如海湾的怪石

比如笨拙的性

比如餐桌上起皱的苹果

让我独自出门，去见陌生的城市，以及

陌生的人，而我和朋友们将会在雾中相遇

（原载哈尔滨《诗林》2014 年第 5 期）

郑
小
琼

>
>
>

女，1980 年 6 月生，四川南充人，2001 年南下广东打工。有作品散见于《人民文学》《诗刊》《独立》《活塞》等，有作品被译成德、英、法、日、韩、西班牙语、土耳其语等语种。

玫瑰庄园（节选）

惶惑不安

哭泣从夜中亮起，树木开始凋零
秋风吹动花影，灯火神秘而幽静
明月添愁，花朵垂泪，白色呜咽
加深秋意，她最伤心的眺望

他不会沿清凉的夜归来，辘轳转动
宁静水井，金鱼望穿雁子，白头翁
树林啼叫，秋蛩花丛低语，灯影
窗棂上叹息，它们慢慢儿滴下来

结成纸上的汉字与泪斑，夜中浮出
祖母的哭泣，疲惫而冷清的花园
收藏五个女人的宿命与青春，阁楼中
月光似水冰凉，幽怨站满台阶

她们梦见长发幽灵，走过月夜小径
白衣轻盈，从花丛袅袅上升
穿过长廊、厅堂，停在槐树枝头
苍白的裸足闪亮，月光渐冷

庄园保留古老幻象，藤蔓爬满高墙
美女蛇出没其中，尘世阡陌井然
树木庭院翩翩起舞，边歌唱边凋零
她惶惑不安的内心，深夜的哭声

玫瑰枕溪水入眠，秋风动

树梢，薄暮随归鸟，掩面而泣的人
坐在灯影，哑语的花农用锄头
挖掘玫瑰庄园惶惑的哭泣

云

庄园上空，云已衰老，它迁徙的命运
童年冻成时间琥珀，"永恒的流浪者"
沿屋檐而下的云，滴落阴湿与黑暗花丛
长翅膀的石头带走鸟雀、玫瑰、柏松

刺槐一夜间分娩出根须、禁药、树荫
长廊到水井，呆滞夕阳到四月雨水
你读诗，作画，用锄头的鸟喙啄开
玫瑰的根，它们遍布菌斑，啊，春天

安排雨水与太阳，鸦片与玫瑰，它们迷离
颓废，忧郁像深夜天鹅美丽，你梦见
大雪与迷梦的昆曲唱词，夜空给云朵抚慰
大空发蓝，秋色发黄，你眼里滚出泪水

日影西斜，魂灵穿过园外刺槐林，他隔窗
推开嘉陵江、香炉、经卷，神龛上祥云
春天变软，树枝低头遇见池鱼，他遇见
家谱、梳子、大烟……小小的幻觉与欢乐

蛀木虫门庭钻孔，百灵鸟瞳仁忧郁
有人念经，云朵让他相信雨水是亡灵
在窗下叹息，深草中春天已凋零
幻影花丛倾听，云朵变黑化雨水

化虚无之物，鸦片寻找玫瑰与小圆镜
失眠的石榴，他错过核桃样的青春

错过玫瑰与黎明，童年星移斗转，衰老
似江流急泻，一生，似云，也似轻尘

夏　日

寂寞像文字映于镜面，它虚空，却清晰
她把黎明从镜中寄给远方，夏天幽深、繁茂
潜藏无穷梦境的铜镜，罂粟般开始或结束
玫瑰庄园稀薄的爱情，佩戴雨水的面具

灯笼照亮破旧门庭，青砖苔藓投下幼小阴影
夏日沿常春藤攀缘，漫过燕子巢窠，停于横梁
她在书中寻找青春柔细腰身，丈夫站于廊下
抽大烟，面孔忧郁而阴沉，日渐苍白的脸

叹息，被夏日凝成酷热，刺骨的爱情
池塘般清凉的情人，他剩下消逝的背影
从省城到小镇，从学生到姨娘，庄园囚禁
她的幻想，它们是书籍、诗歌、远方……

青春沦陷寂寞厢房，她读诗，青鸟不再
迢迢传音，她踱步花丛，流水梳理
胡桃与热风，这欲望花园，残留镜中
清澈诗篇，啊，梦中之梦的小径

玫瑰伸出大烟样花瓣，枝下纠缠不清的
滋生与缠绕，夜悄悄盛开出幻想与星辰
哽咽的声音流过窗下，灯光融化远方的
记忆，旧时光化作致幻剂、树丛、子夜

蠢蠢萌动的秘密，凉廊的镜中，青丝
化寒灰、化诗句，记忆之水锯成两段
悲喜相望，镜中过去与现在，幻觉的爱情

在庄园阴影间更加泛滥，像井中歌声

雕　花

雕花年年衰老、灰暗，星星如旧
辽阔、深远，秋风过屋顶，它梳理
墨绿植物般疼痛、浮云，庄园转向
枯萎，留下树林、夕阳，缓慢寂静

配合秋日的辽阔与安宁，落叶横渡
寒灯，残菊泡酒，饮尽人世悲喜
他对影成三人，茫然四顾忧愁又经年
她软弱似黄昏，疲倦低首寂寞燃青灯

缓慢的时光等待了结，秋虫纠集灯下
蛩鸣泄露孤单，流水延伸庄园曲调
飞鸟散匿，落叶在微光喟叹，明月
光临台阶，亲人沿露水远走他乡

秋风吹散昔日欢乐，痛苦太重
翅膀太轻，难以杳远的痛苦
定格成雕花，叹息的还叹息，抱怨的
仍抱怨，秋天如此漫长，我在庄园

忍受命运，像飞鸟忍受翅膀，海洋忍受波浪
命运瓦解内心的石头，多愁善感的疾病
在雕花上弓起它起飞的面容，木质雕花
无法拯救绝望，泪水间，五个女人说

带走吧！古老衰败的秋天，守旧迷茫的
幻想，收拾好唐突的心跳，呆滞枯涩的
木质凤凰，冷漠的暗红，命运被时间
雕空，痛楚瞬间定型，它衰老的命运

册 页

门庭若古老册页，雨燕翻阅屋梁悲喜
春天的蛇腰在墙外游动，我把它唤
柳条，也唤她小小乳名，庭院深井
睁开清澈眼睛，诵读雨淋湿的诗篇

她吹熄灯盏，打开窗棂，让月光进入
房间，它用清凉的孤寂洗涤她的脸
琥珀般面庞，透明，囚禁她的羽翼
惊蝉像白马踏碎青瓦，有人穿过旧楼

远去，有人雕床抽烟做梦，她成为小小
俘虏，为脆弱的悲剧增添废墟般记忆
庄园大门布告她的生活，三房姨娘
退回幽闭院墙，诗歌换成五彩蜀绣

月光不再是白花花的银子，可以换酒换诗篇
她读懂月光是夜晚的幻觉，习惯用寂寞擦亮
栩栩如生的往昔，它们开始丧失，游行的
背影模糊，新闻有些泥泞，她在房内踱步

窗下停驻，空荡荡的时间究竟要用什么填空
她还保留成都学堂的理想主义，尘世的庄园
只须享乐与容忍，大家闺秀或鸦片中吐雾
算盘，丝绸，阴云般面孔，骨骼里烦恼

她不习惯用黑夜或白天覆盖生活，理想与信仰
固执而坚硬，一寸一寸刺痛她肉体，在小镇
连月光也有烦恼与忧愁，她读不懂门庭册页

把命运埋进月光中的横梁，像诗句的迷茫

（原载《中国作家》2015 年 10 期）

郑
德
宏

\>
\>
\>

湖南华容人。作品散见于《山花》《诗刊》《诗选刊》《星星》
《青年文学》《时代文学》《西部》《文学港》《文学界》《作品》
《诗潮》《芳草》《当代小说》《广州文艺》《中西诗歌》等文学杂
志。有诗歌入选《2004 年中国诗歌精选》《2009—2013 广东诗歌
精选》《2009—2010 中国打工诗歌精选》《珠三角诗人诗选》等年
度诗歌选本。曾获《诗刊》与《星星》举办的诗歌奖、增城市政
府文艺奖。著有诗集《在路上》（2003 年南方出版社）、《风声》
(2012 年中国文联出版社)。湖南省作家协会会员，广东省作家协
会会员，增城作协诗歌创研部部长，中国农工民主党党员，专业
记者。现在广州某媒体工作。

华容河

低缓的河水，平静，温顺，
就像她养育的人民，生活波澜不惊；
就像我的母亲，眷恋人世的苦。

我无法用线条画出一条河流的流淌，
但我曾目睹她肆意地撕开大堤的口子，
仿佛当年我生生撕开母亲的子宫。
我无法用诗歌完成一条河流的命名，
我却知道，她的水来自天上，
仿佛我的泪就是大地的盐。

华容河，母亲或者祖母，母亲或者祖母的姐姐，
我的是非让你背负恶名，无知的人，喝着你的伤。

华容河，一条今生我身体里流淌的河——
你就这么低调地苍老，还复来；
你就这么眼睁睁地看着你养育的人民生生不息。

栅　栏

无边的栅栏，你横在那里无济于事
飞鸟张开翅膀就飞走了
猴子纵身一跃就跳过去了
狮子和大象锋利的爪子一下把你撕得粉碎
强盗来了，掠夺的火种可以把你烧成灰烬

然而，无边的栅栏，你还横在那里
横在我们中间，活生生地把我们隔开
让我们一部分圈养，一部分自由

战　马

蹄下的尸骨转瞬变成黄土。
四周空无一人，
风吹草低，它把头埋得更低……

英雄啊，大地之上，和你一样孤独的
是悬挂在你头顶的那一轮明月！

孟
夏
>
>
>

本名杨协亮，男，20 世纪 70 年代出生于潮汕平原一个叫"神泉"的沿海古镇，中文系毕业。诗歌作品多见于地方报刊，偶见于《星星》《诗选刊》等，入选《2009 中国诗歌选》等选本。广东省作协理事，揭阳市作协负责人。

清明：一支刺

就狠狠地扎在身体里最深最深的地方
喉咙；胸口；软肋；七寸……无法知道确切的位置
看，也看不见；摸
也摸不到
但随时可以感觉到它。坚硬；倔强；顽固

一年里总有一天，这支刺
醒着。大多的时间
确切地说是 364 天——它沉沉睡去
像一只安静的猫，蜷缩在
我小小的心尖上
安静得几乎可以把它忽略
当它醒来，只是一个轻轻的翻身
就扎得我辗转反侧，坐立不安。且
暗自喊着：痛

（原载《诗歌月刊》2014 年第 5 期）

难　题

可以爱吗？这是连强大的时间都无法破解的
难题。剩下的下半生
会很艰难；甚至，虚幻而绝望

一个人的夜晚，常常让啤酒灌醉

泛着的泡沫，仿佛
是我的唇边你的蜻蜓点水的吻

而最难的是，如何让这若有若无的
吻，像星光一般
隐没

（载于《诗歌月刊》2014 年第 5 期）

赵
婧
> > >
> > >
>

生于 1962 年，祖籍河南永城，生长于韶关。著有诗集《走出孤独的雨季》《守望女儿》等。现任深圳市作协副秘书长。

忧郁症

它挂在每户人家的窗棂
在黑暗中寻找突破口
它特别喜欢城市
城市里没有大片大片的麦苗
没有自由的风
更没有人敢在深夜里活出霸气的
吼叫
掠过楼宇
偷窥隐私已经没有什么价值了
隐私无非就是偷情
它很强势地越过了栅栏
直达目的
只有它才可以肆无忌惮
侵蚀人的身体的各个部位
更为可怕的是
这与身体素质无关
我看到了它怎样把一个最刚强的男人
一夜击倒
我看到了它怎样扭曲了
最美好的性爱

春夏之交是忧郁症的多发季节
当眼睛对视的时候
交出你的真诚
我也好长时间不敢出门了
四月最后一天
太阳拎着我的手
走进五月
我知道还有一些人没有走出来

我很想说：我都能走出来

你也一样

不是我有多么勇敢

只是我坚信我们会手牵手一起去看旷野里最

灿烂的一种叫映山红的

野花

（原载安徽《诗歌月刊》下半月 2014 年第 4 期）

袁叙田

> > >
> >
>

80 后，深圳市作家协会会员，民刊《深圳诗人》执行主编。编选
出版《深圳 80 后诗选》，在《诗潮》《草原》《诗歌月刊》等刊物
发表诗作若干。现居深圳。

梨　花

大雪阻挡了前往县城的路
把所有能记起的日子都干净地铺开
我只在雪地里画了一个圈
写上你的名字
趁着还有足够的盘缠
摸黑步行
赶上少年时的悔恨
一路上丢掉悲伤和无关紧要的誓言
县城离这里不远
可我忘了问你具体的时间地点
甚至你脸上最明显的胎记我也不记得了
只剩下一个纯属虚构的情节
和一杯白开水

一场大雪断了我的后路
左右为难时
雪　漫过了唯一的线索
和我身后低矮的村庄

（原载安徽《诗歌月刊》2014 年第 4 期下半月刊）

远离故乡的人

突然觉得自己孤独起来
身边的树不是村口的那棵看着我长大的树

所有的宠物都用链子牵着
不是那村里见人就摇头摆尾的那只
（即使我没有给它充饥的食物）

不认识我的邻居
更不用说他姓甚名谁
这让我想起村里互相借拨油米的乡亲
他们不会催我用现金支付
更不会担心我会突然远离他们　离开此地

有些人希望四月快点过
因为雨水太多
村里人对每个季节都一视同仁
翻土砍柴　下田割禾

一个远离故乡的人
突然孤独起来
像一粒已经入仓的粮食
到处都是拥挤的黑暗

（原载安徽《诗歌月刊》2014 年第 6 期）

桂
汉
标

>
>
>

福建晋江人。1986 年毕业于中山大学汉语言文学专业。1968 年赴
广东乐昌县九峰公社插队务农，1972 年后历任广东电力基建公司
火电工程处团委宣传部长，韶关市建筑工业局工会宣传干事，《南
叶》杂志主编，韶关市作家协会主席，副编审。广东省作家协会
第三、四、五届理事，韶关市第六届政协常委，韶关市青年联合
会副主席。曾获"全国保护未成年人优秀公民"称号。1972 年开
始发表作品。1991 年加入中国作家协会。著有诗集《红珊瑚》
《绿色的旋律》（合作）、《缤纷的情韵》《骚动的青春潮》《人生
是一种缘》《我诗故我在》，评论集《虹桥——当代女性爱情诗欣
赏》《浪漫伴你——当代中学生诗歌鉴赏》（合作），主编《五月
诗丛》（3 集）及其他诗集近 30 部。

视　觉

眼见为实吗　往往
隔着一片雾罩云遮

视线穿不过荧屏
能透视文字的内核

远山处多凹凸　坎坷
拂过的风是平实的

再贫寂的泥土深层
总有跃跃欲破壳的种子

有幸看见的　正是
灵视共振　天涯咫尺

听　觉

去听彩云飞舞之声
去感秋侵诗心之殇

巴山夜雨濡染旅痕
空落的风飘飘忽忽

手机的铃一声　刹那间
击穿了厚厚屏障

一字　一个重音节
牵挂是无穷尽的梦

归去吧　红尘滚滚
皈依处总是故乡

桥

> > >
> >
>

生于20世纪70年代，原名何庄宁，浙江杭州人氏。曾任编辑，后在深圳创业。现居深圳。先后出版《和好人恋爱》和《第二季水瓶谷物》个人作品集。

东京物事

一本奥尔罕·帕慕克，一张 P. J. Harvey

一条断臂，右手伤筋一周

《旅行英语 300 句》，《日本语入门》

两斤薏米，真空包装

去年的黑皮靴外带两双高筒袜

一双近视眼睛，裸视 0.2

一幅印在脑海里的油画

阿罗姆《君士坦丁堡与小亚细亚七座教堂之风光》

当西方遇到东方，把文字拉长

一块翡翠，一把银器

一颗中年汉族女性的心脏，一条流不动的河流

两条好奇的毛线裙，相当于东京的温度

一件翻新的羽绒衣，不可信任的日本冬天

某种爱国情绪，低于 37 摄氏度的体温

两套钥匙，穿进一个钥匙扣

一把打开自己让他进来

一把从来没有打开过他

特务迷情时，看完《色，戒》当晚打入日军

化身郑苹如唱了一段小曲，身中三枪说道："死得要干净"

一份虚假伪造的行程和一个货真价实的润唇膏

细毛牙刷，兰蔻洁肤水，一张长着死皮的脸

一张保险卡，一个被抚养者的身份证明

不停跳动的右眼

一袋子常用药：黄连素、板蓝根、牛黄解毒丸

一张中药秘方，汉字，草体

一瓶洗甲油来不及洗干净脚趾夏天的红色

两根随时准备插进 100 伏电源的手指，一根接着阴极

一根接着阳极

电流抚摸了五年的瘦身子，压实桃木箱

（原载《六户诗——深圳六人诗选》，长江文艺出版社，2014 年 4 月版）

在十二社通行走的日子

十二社通的起点是我死亡的起点
被枪击的早晨
我梦见一些单词像子弹一样打进我的身体
那一天醒来我遇到一个像上帝的男人
他骑在鹤上
抚摸我虚构的柳枝
他对我说：来吧宝贝，向右转！向右转！

在十二社通行走的路上，我向右转
遇到了狼
和它们的后代
我遇到一个长着爱情的女子，她看不见胸前的那朵月季
我还遇到一只凶猛的鸟它每天撕裂公园的野猫
我遇到一些正在发生战争的人
我遇到一个按摩院老师
他向学生示范如何掐死一朵雪白的棉花
我遇到的房子都冒着炊烟
一些夏天的沙子从房顶流进人们的眼里
我遇到的人们都非常安详
他们长满未知的伤口

（原载《六户诗——深圳六人诗选》，长江文艺出版社，2014 年 4 月

版)

事实是：他跟踪了月光

事实是，那是一次飞行故事
作为一枚暗器，他跟踪了月光
两棵奇怪的树分别在八月与十月疼痛
他飞过时，摘下了红和黄
一粒不属今年的杧果，带着混乱落下

事实是，他无法原谅这晚的月亮和错乱的闹铃
在他身上堆满了令人不悦的颜色

事实是，他想有些转折
比如升空时他想穿过一朵云
有些雨是因他引起的
或者引擎受了潮
那非他本意
有几秒钟，他的前妻坐在副驾驶室里
试图向他射击
后来她的目光转凉，披上一件冬衣去守灵

事实就是这样，他是一枚八角暗器
那晚他在飞往月亮的路上
撞碎了一粒正在练习飞行的杧果

（原载《六户诗——深圳六人诗选》，长江文艺出版社，2014 年 4 月
版）

柴
画
>>
>>
>

现深圳龙岗区文联机关刊物《龙岗文艺》编辑。作品散见于《诗刊》《人民文学》《民族文学》《星星》《诗歌月刊》等，曾被大型文学核心期刊《时代文学》授予"全国十佳诗人"称号，获天津第22届全国鲁藜诗歌奖、《星星》2014年度中国散文诗歌奖等。

一条河流喊春天

我在油菜地里深呼吸，我想

让桃花放弃隐喻，甚至枝头上盎然的词语

三月呀，村里女人们说不许桃花卸妆

她们是，想和一条河流喊春天

三月呀，村里男人们说，喜欢春天

像喜欢自己婆姨的身子，他们想在庄稼地里

喊自己最想喊的女人

河边，有少女坐立不安

河水，叮咚叮咚，春天，叮咚叮咚

我也想喊，自由奔放地喊，喊万紫千红

（原载《诗刊》下月刊 2014 年 5 期）

大地深处的河流

我决定了，在心里捞出一块石头

是青色的那种，没有麻花纹、裂口

这种石头坚硬，像祖先的白骨

像我的村庄，和湖南人的蛮

也像曾国藩的智慧

左宗棠的铁骑，芙蓉花儿一样，走村访庄

山冈上，野草枯黄，河流表情冷淡

风，狼群一样狠狠地猎赶没有树林的故乡

我不禁眼含热泪，走在满是黄土的湘江以南

快到父亲的坟了，我捧着碑

这碑，我是用肺磨圆的

这碑，我是用肝撞滑的

碑边，泥土把稻谷、麦子、苞谷

大片卸在山坡上，一捆捆的芬芳

万吨的黄金黄里有一个人，疾步

奔向我，镰刀摔得呼呼响，蒿草里的忧伤

齐刷刷地躲闪，像心头的裂碑

我不禁眼含热泪，娘！

（原载《中国诗歌》2014 年 6 期）

倮

倮

> > >

> > >

> > >

原名罗子健，70后，中国作家协会会员。非著名营销人，非著名诗人。左脑经商，右脑写诗，缔造"超人"节能厨房品牌、"壹点爱"公益品牌，"虚度光阴"文化品牌联合创始人。

特鲁希略的黄昏

傍晚。暮色从矮矮的屋顶，从窄窄
的街道上空，从教堂的尖顶上，慢慢降下来——

我站在 plaza 旅馆的门前抽烟。对面
一幢黄色的房子在暮色中宁静、悲悯
它的二楼废弃已久。

突然，一张脸
从一个破烂的窗口冒出
抽搐着……嘴里发出怪异的叫声。

明天清晨，我将离开这座小城
它留给我的最后印象竟如此
偶然，强烈！

找喜欢这偶然
它有着迷人的真实。

徐

东

>
>
>

山东郓城人，中国作协会员。作品散见于《大家》《青年文学》《星星》《作家》《文学界》《小说选刊》等期刊。著有《欧珠的远方》《变虎记》等小说集。曾获新浪最佳短篇小说奖、首届全国鲲鹏文学奖、第五届深圳青年文学奖。现居深圳。

我留着长长的卷发

我留着长长的卷发
目光清亮、迷离
在夜色中独行
喜欢美好的人
有颗纯粹的心灵
盘踞在多欲的血肉中
有力地怦怦跳动
我痴愚地爱着人类
想要成为一种美

我留着长长的卷发
在泥泞中行进
长者和朋友说
你在现实之中成长
无法逃离生活
你经过一些人
记着也会遗忘一些人
你活在他们之中
才能渐渐成为自己

我留着长长的卷发
积极向上，好好做人
与人为善，也曾经
给善良的人带来伤害
我爱着他们却并不完美
如今我留了短发
活得更加简单、沉默

（原载北京《诗刊》2014 年第 5 期下半月刊）

祝　福

默默走路的人那么多
独自唱歌的人那么多
被风吹着
不说话的人
喝下一杯又一杯

沉重的头垂下
地面空了
仿佛就那样空着
而有爱的心
还是那么柔软

如果你是一朵花
我就是一片叶
痛苦都是假的
幸福才是真的

穷人也有欢畅
病人野草般坚强
祝福你，也祝福我
在此生好好活下去

（原载北京《诗刊》2014 年第 5 期下半月刊）

凌越

>
>
>

原名凌胜强，1972 年生，安徽铜陵人。1993 年毕业于华东政法学院，现居广州，任教于广东警官学院，曾任《书城》杂志编辑。著有诗集《尘世之歌》、评论集《寂寞者的观察》、访谈集《与词的搏斗》。

阴天逼视着我

阴天逼视着我：
无处逃遁，大自然沉静的光芒
沿着雨丝滑落。
幻影挑逗瞳仁，
风拂动发廊门前悬挂的毛巾，
姑娘们在嬉闹——像是在夏日明晃晃的画布上。
对于人的豪迈的个性而言，现实即荆棘。
同样杯盘狼藉的盛宴，
同样柔软的丝绸和它炫耀的眼波，
没有人显出疲态——真是咄咄怪事。
落地窗分散市声，
不真实的喷泉垂头丧气，
落日，只是为了慰藉空虚而存在过。
我们回去吧，聚会是可耻的，
像棉被下纠缠的四肢，默默放纵。
爱——视而不见，
天光将万物隐匿。
精神的恩宠究竟不那么踏实。
——把手搭在我的臂弯吧。

在思绪中收获秘密的快乐

在思绪中收获秘密的快乐，
一个房间因为唤醒名词而生辉。
窗外，树叶悸动，

田野退向远方，
天空奢华地铺排，
循着我的歌，我回到室内。
它知道低沉的语调传得最远，
它知道热望和智慧的起点：隐匿的自我。
窗户规定视野，幻想引导目光，
在远眺中我们发现附近的生活。
下午的静默沾染了俗世的犹豫，
我低头，我分明置身于苦难中，
——人世的波澜席卷每一个人。
大自然随着春夏的脚步而急促，
在它的仇视中滋生着我们的诗句，
那不是给予胜利者的冠冕，
洒在空中，让它们连缀成永逝的时光吧。
在白纸上写下字，
它们孤零零，站不稳，
而生命的热望驱使它找寻普通的男人和女人，
据说二者之间有爱维系。
去吧，颓废的人，去找缪斯，
那永恒不朽的技艺里有男气和简洁如同问候的箴言。

从晚风中勒索鞭子

从晚风中勒索鞭子，
瞬间滋生的豪情勒索记忆，
从冷酷的图书馆里扔出来故事的断简残编。
行人漫不经心，藏匿着那尊发愣的神，
一丝妩媚在街树的空隙间逸出，
我翻阅天空的旧章，

我探寻星星的追问，
几个世纪的静默挥霍在这敌视的瞬间。

故事的主角隐而不现，
所见无非庸常的街景，戏剧惯常的桥段，
我投身其中，并不为灵魂的震惊而迟疑，
亦不为道德的缺席而自喜，
——是的，我不过是其中的一员。
高楼灯火通明，居住在兽栏里的人类，
在自省中学会忘却，
表情木然，依偎着那一点可怜的幸福。

没有比这更神奇的了——
四季更替，为爱循环。
我的心慢慢苏醒，不为所动，
日复一日的鞭打，
成就时间低调又无情的脚步。
我们互致问候，
我们互致祝福如同鞭打，
因为我们共处同一出长河戏剧中，
没有人意，也无人情。

人物聚拢在静止的舞台，
一味模仿人世的悲欢，
但愿我在其中沉陷，完全消失。
但我的笔悬垂着，
试图戳向永远有待证实的真理，
——平息万物隐蔽的暴动。

郭
蔷

>
>
>

生于 20 世纪 70 年代，吉林长春人。现任《凤凰生活》杂志执行
主编。作品散见于《诗歌月刊》《诗选刊》《中西诗歌》《白诗歌》
《东三省诗歌年鉴》《深圳 30 年新诗选》《面朝大海：2012 年深圳
诗歌大展》等。

纪念日

今晚我掀开一大片云彩
那些在天上的人，那些幸福了的人，那些看着我的人
他们抛下色子，他们排着队，他们空出一些位置
爸爸，如果你看见一个小小的、僵直的影子
一如我当年看见的豹子、棺木、药片
你告诉它们，停在墙角的黑翅膀已振动了十八次

爸爸，我看见的飞蛾都能发光
被烤着的眼睛和骨头都有桂花的香味
嘀嘀嗒嗒的，是我的声音
自顾自走着的、不弯曲的秒针也是我的
它不取悦任何人，也不会成为遗物让人纪念
这多么像你，像你一样硬、轻，最后把热度都散尽
爸爸，在我焦黑之后
天空将会出现一个被命名为秒针的星座
她自顾自地运行，冷冷地发光

（原载安徽《诗歌月刊》2014 年第 6 期）

最好的时光

世俗的尘埃一再蒙住你的面孔
正像我遥远的青春落满了你的影子
但此刻，我迷恋过的时光倾空而泻
十二个天使列队鸣乐

你微笑，黑皮肤的卷发男人
你转动椅子并按下火机
点烟，看我
我开始脸热心慌
想你俯身吻我的样子……

我在等待，数着光阴，像从前那样
一年，十年，十五年……
你想象一下，这些年
一个穿行于人世间的懵懂孩子
抱着猫，像你抱着我

（原载安徽《诗歌月刊》2014 年第 6 期）

郭
金
牛

>
>
>

湖北浠水人，现暂居深圳。诗作曾被翻译成德语、英语、荷兰、
捷克等多种语言。2013 年 10 月，参加捷克国际书展；2014 年 8
月，参加德国奥古斯堡市和平节；2015 年 6 月，参加第 46 届荷兰
鹿特丹国际诗歌节；2015 年 9 月，参加柏林世界文化宫（HKW）
"100 YEARS OF NOW"。获首届北京国际华文诗歌奖、首届中国
金迪诗歌奖、广东省首届诗歌奖。

打工日记

工地上的气温，比我体温略高3℃
皮肤内的河水，带着盐花，开始
叛逃
燃烧。

焱。
部首：火　部外笔画：8　总笔画：12。三只火
堆在一起
我们需要靠一群群汗水
浇灭。

汗是含盐的。
雨是凉薄的。
明天，阳光灿烂，我不愿意。
明天，晴空万里，我不喜欢。
明天，气温高过今日。

一群热锅里的蚂蚁还在搬运。钢筋。水泥。阳光。
其中两只，必须挺住。
挺住意味着：堂兄的父亲，我的伯父
癌细胞就扩散得慢一些。
以我们的快换它的慢

也以我们的快，加速城市的快
突然，脚手架，一个人
自由落体
重力加速度
9.8 米／秒^2。

纸上还乡

1

少年，某个凌晨，从一楼数到十三楼。
数完就到了楼顶。
他。
飞啊飞。

鸟的动作，不可模仿。

少年画出一道直线，那么快
一道闪电
只目击到，前半部分
地球，比龙华镇略大，迎面撞来

速度，领走了少年
米，领走了小小的白。

2

母亲的泪，从瓦的边缘跳下。
这是半年之中的第十三跳。之前，那十二个名字
微尘
刚刚落下。秋风，
连夜吹动母亲的获花。

白白的骨灰，轻轻的白，坐着火车回家，它不关心米的白
获花的白
母亲的白

霜降的白
那么大的白，埋住小小的白

就像母亲埋着小儿女。

3

十三楼，防跳网正在封装，这是我的工作
为拿到一天的工钱
用力
沿顺时针方向，将一颗螺丝逐步固紧，它在暗中挣扎和反抗
我越用力，危险越大

米，鱼香的嘴唇，小小的酒窝养着两滴露水。
她还在担心
秋天的衣服
一天少一件。

纸上还乡的好兄弟，除了米，你的未婚妻
很少有人提及
你在这栋楼的 701
占过一个床位
吃过东莞米粉。

第十二个月份的外省

他们，箭，一样射出。
他们，
听到了一道旧消息

春节临近。

都是汉人的春节。千篇一律。与去年近似
杀猪。宰羊。制作腊肉和年货，人民要把一年的幸福
浓缩在这一天。

另外一个人民，从年关中
购买
一张车票，从一个异乡搬到另一个异乡
他要把一年的乡愁，也浓缩在
这一天

这个事情，发生在我漂泊的广东省
被十二月份看出。他
辞别楚国十多年，花光了远大的盘缠
薄薄的积蓄
孤单地，

又一次与回家的路途，相反，成为母亲眼里的仇人
年更月尽啊
村头那个年迈的妇人，我害得她
把汉水望穿

唐不遇

> > >
> > >
> >

唐不遇，1980 年生，广东揭西人。出版有诗集《魔鬼的美德》
《世界的右边》。作品收入《中国新诗百年大典》等多种选本。曾
获柔刚诗歌奖、"诗建设"诗歌奖、中国赤子诗人奖等奖项。诗集
《世界的右边》入围 2015 花地文学榜年度诗歌榜。

杜甫三章

一、 杜甫的一夜

这一夜，你睡得一点也不安稳，
像是睡在穷人的坟地。
在黑暗中呼吸的不是你的肺，
而是生存漏风的肚脐。

窗外，月亮敲响了三更的梆声，
你的两只耳朵正在打赌：
野草生长的声音，马的
幽灵的嘶鸣，哪个更清晰？

黑夜是一个庸医，一只蟋蟀
向你转达死者的方言——
残留的药渣在你体内干咳：
灵魂煎熬在汉语的药罐子里。

你的诗渗出了盐粒。
皇帝，士兵，渡口，孤独的掌灯人，
在露水的薄被下睡去。
而你的衣服是众多逃亡者穿过的，

你的鞋子比道路更懂得
这个国家为何诞生又抛弃你，
此刻它们在床脚下醒着：
卑微和苦难，哪个更像鞋里的沙子？

二、 醒时歌

院子里，荒草穿过一把藤椅。
井盖下压着时间的家谱，
可以一直追溯到源头。
漫游者的刀剑吟咏起风的警句。
衰老的秩序瞪圆了双眼——
而你只看见那张尖脸。你走过的地方，
甚至冬天的白雾也化作宣纸，
泥土和枝条争相流出墨汁。
在落日上，你叙事的脚
就像踏着一块墓碑。今夜，
江水迅猛地长出粮食，喂饱了大地。
星星嗡鸣着，比人类更珍视你的血：
它们带着鼓胀的腹部
在黑暗的天空，变成萤火虫。

三、 断章

1

走进刀剑和风俗统治的国度，
一枚野果子悄悄滚落，
带着最坚硬的核。

2

月光下，有人为流水把脉，
背着苦涩的药方。
一只鸟带着苦味飞起。

3

国家是一棵松树，

树皮干裂，苦难四季常青：
必须用针尖，才能表达破碎。

4

兵车行。丽人行。岁晏行。
新安吏。潼关吏。石壕吏。
新婚别。垂老别。无家别。

5

骨头，只是大地的一处闲笔。

　　（以上原载《青年文学》2014 年第 4 期，其中《米沃什百年诞》
《杜甫三章》被《诗刊》2014 年 12 月号下半月刊转载）

唐成茂

> > >
> >
>

国家一级作家，中国诗歌学会副总干事，中国作家协会会员，广东省文学院第四届签约作家，安徽省文联《诗歌月刊》上半月刊执行主编，《澳门月刊》文学版执行总编，《中国年度诗人作品精选》（中山大学出版社）执行主编，参花文学月刊《中国诗刊》执行主编。在报刊连载过数部长篇。已在《十月》《中国作家》《诗刊》《青年文学》《人民文学》《文艺报》《文学报》《人民日报》《世界日报》等国内外报刊发表文学作品数百万字，出版文学专著 11 本。

与一滴水的邂逅

名字与名分溶入水中　就不会回头
不管是一滴水还是一湖水　都生长着灵魂的骨头
上善若水　穿越骨子　划破刀子
没有棱角　抓不住缰绳

在桃花村　与一滴透明的水邂逅
桃花纷纷扬扬　如雨带梨花　让我的梦想晶莹透亮
这滴桃花水款款滴落　会惊起桃花梦
洒向桃林　天空会有一丝晃动
转一个弯　落在我的履历上　人生就有了动静

一滴轻盈的水和一枚温情的桃花相遇的故事
零落成泥　也有一段传奇
柔软与纯洁也会刺痛坚强　骨子里的坚定和坚强
对峙锋芒和锋利
就是悬在檐颚下　挂在石壁上
就是没有飞流直下的悲烈
一滴水陪伴一枚桃花缓缓流动的青春
也是一首动人的抒情诗

与一枚桃花邂逅相遇　一滴水在晴明或黑暗中
咏唱恒远与忠诚
就是没有妙曼的身姿和骨头里的笙歌
就是只有头破血流也要奔流的勇气
以及不让生命向生活低头的骨气
也令我臣服

这是人生的雨水　在叮叮咚咚地滴落
不管谁与之相遇　都关乎这个人一辈子的成败

这个人一辈子都会有似水柔情

白云后面的茶山

站在茶山上　头发起飞　黄昏都在行驶
青衫成了翅膀　往事被风缠绕
山谷传出古代的琴声　传出昭君出浴的心跳
传出杨贵妃盛开的超拔　传出皇恩浩荡的伤愁

白云后面的茶山　装在我的袖管里
我挥一挥衣袖　一缕一缕的茶香
前赴后继地撞上　隔朝隔代的彩霞
我随手扯住一片云　一片云朵上面的仙女
背包打伞的花瓣从天上飘落
池塘里的鱼在镜框里游弋
半空的碧水越来越肥
日光已被洗了多次
像我的故乡的名节

天上有座茶山　茶山上只种诗歌
飞鸟在山上沾上　我的灵气
在鲜花面前　仙女迫不及待地绽放
刘邦穿着汉服　系着白马　在茶山之巅　种着
稻谷和善良
清风吹拂　山上的汉字都有了仙气　每一行秀里秀气的文字
都不会算计失落已久的霸王
就是蛮有杀气的武媚娘
香包里装的　也是粮种　抒情诗集
唐朝的春天

每次回到故乡　来到我的茶山

我身上都沾满了智慧和淳朴

现实已经擦身而过

黑马都是浮云

（以上诗作原载《中国作家》文学版 2015 年第 2 期）

唐
德
亮

>
>
>

瑶族，笔名方野、方原，男，广东连山上草沙水人。中国作家协
会会员，广东作家协会诗歌委员会副主任，广东现代作家研究会
副会长，清远市作家协会主席，《清远日报》副总编，一级作家，
清远市第四批专业技术拔尖人才。

远远地

远远地，我看见
群山一座座向我涌来
又一座座地向远方涌去
一只只凤凰，带来一片云彩
翩翩而来，怅然而去

远远地，我看见
洪水滔天，涌进眼睛
两个人踏浪而来
一个男人，一个女人
一颗太阳，一盏月亮
合在一起，便成了
一部创世的史诗

远远地，我听到
鸡桐木①　发出的声音
敲醒了满山的神树
敲醒了鲜花与茂草
装点着莎妹②　们的寒梦

远远地，我看见
一种血在烧
在飘逸，凝聚无数幽灵
烧出一尊尊血肉塑像
那是我的祖先，我的梦想
那是我从前的爱，未来的生命
山一样沉，云一样轻
一个人，他的体内装满黑暗
溢出的是鲜血一样的光芒

远远地，那间木屋
被火烧了千百次
又千百次复活
爱情从窗口飞入，又从窗口飞出
在歌堂成熟，滴下蜜露
他们被蜜露淹没
又从蜜露中绽放三色花

远远地，一只鹰飞来
在头顶盘旋
它的翅膀与一千年前那只
没有什么不同
不同的，是它的方向、力度、目光
它驮着一片雪，一片叶
一缕太阳的光
俯冲，滑翔，提升着我们的心

远远地，一种神秘的声音在响
骨头的声音？心的声音？不可知的
预言？
其实什么声音也没有
只有起伏的土地做着梦呓
我拾起一块陶片
它的斑驳，像我纵横的掌纹

（原载《2014 中国诗歌年选》，花城出版社，2015 年 11 月出版）

---

① 瑶族长鼓多用鸡桐木做成。
② 莎妹，瑶语，即姑娘。

地　下

被埋在厚厚的黄土下面
并不等于死亡

做竹笋在地下
只需一场春雨
便纷纷拱出地面
举起绿色大旗

像蚯蚓，在默默进行
一场无休止的
崇高的松土事业

像一些伟大的生命
人死了，精神还辐射
不尽的热能
像一些恶魔
变身病菌　爬出泥土
侵蚀生命　危害人间……

（原载《诗歌月刊》2014 年 7 月下半月刊）

浪
子
>
>
>

原名吴明良，广东化州人。著有诗集《无知之书》等多部，编有《东荡子诗选：杜若之歌》《诗歌与人：俞心樵诗选》等多种。现居广州，专事写作。

夜色从失眠开始

夜色从失眠开始

我想睡却无从进入

梦境　仍然是往事

带来了风声　它们依稀

是一幅画的草图与完稿

一部电影的上集和下集　它们不相遇

它们本来就不可割裂

就像夜色与未眠的人

就像我追随失眠沉没于夜色之中

我在夜色里行走

唱记忆遗失的歌

玩成年后疏忽的游戏

它曾离开我　此际又回到我身边

空气里飘忽的声音充满暧昧的味道

如同花园酒店天桥下走走停停的女子

目光游游移移　张着口

等待着你情我愿的猎物

回到熟悉或陌生的床　做爱做的事

说谎　什么时候已变成真理?

版本迥异　目的相同

指向夜色沉静的城市和街道

一个人　两个人　三个人　疲惫的人群

各自散去　背负着夜色

残酒和亢奋　远离视野

而我依然失眠　被夜色推开

内心　那是隐秘的大海

我受命带领未眠的人群　纵身

夜色里隐秘的大海

黄 昏
>
>
>

1961 年 12 月生于广东潮州。1981 年开始文学创作。2004 年以来
读诗、写诗、编诗刊。主编的民刊《九月诗刊》在国内外有广泛
的影响。现为韩山师院诗歌创作研究中心副主任，广东省作家协
会会员。著有个人诗集《感知四季》《那些消逝的事物》《偶然》，
诗歌随笔评论集《随心所欲》等。

夜把夜照亮

光明站在光亮的地方
把一切背对自己的东西
视为黑暗。包括——
理想、信仰、生活习惯

我习惯在黑夜里阅读
思考，搬弄一些笨重的文字
我的许多生存的技巧
都在黑暗中获得
就像钻木取火，黑暗是
藏在木头里的火种

黑暗它可以是一种力量
站在离光明很近的地方
等待点燃，直到
夜把夜照亮

（原载《作品》2015 年第 2 期）

一个人

可以同时几个人活着
也可以死去的人存在

可以是

一群人的思想。因为
衣着、步履、声音、面目表情的
不同，成为许多个人
他们可以，在同一个躯体中
进进出出，来来往往
可以改变一个人的
重心，和质量

而始终只是一个人

（原载《南方文学》2014 年第 11 期）

黄礼孩

> >
> >
> >

70 后，祖籍广东徐闻。著名诗人、作家、艺术评论家、策展人。作品入选《大学语文》《中国新诗百年大典》等上百种选本。出版诗集《我对命运所知甚少》《一个人的好天气》《热情的玛祖卡》《给飞鸟喂食彩虹》（英文版）《谁跑得比闪电还快》（波兰文版），舞蹈随笔集《起舞》、艺术随笔集《忧伤的美意》、电影随笔集《目遇》、诗歌评论集《午夜的孩子》等多部。1999 年创办《诗歌与人》，被誉为"中国第一民刊"，2005 年设立"诗歌与人·国际诗人奖"。曾获 2014 年凤凰卫视"美动华人·年度艺术家奖"、2013 年度黎巴嫩文学奖、第一届 70 后诗人奖、首届中国桂冠诗歌奖、第四届珠江（国际）诗歌奖、第八届广东鲁迅文学奖等。现为广东澳门两地合办的《中西诗歌》主编、广州作协副主席、广州市文化艺术研究会副主席、广东作协诗歌创作委员会主任。

童年是一块糖

月亮纠缠着杨桃和石榴花的香气
储存鸟儿的树，它的记忆迂回在遥远的夏天
一只蟋蟀，地下的歌手，不需要澎湃的排场
游戏中的孩子，练习小自然带来新的花样
晚间讲故事的人，他不断在编织记忆之网
故事还在村庄流转，次年也许就不知所终了
听天由命的村庄，云影遮住了月亮
芒花也暗淡下来，给孩子们春天的小人书
少了几种。当世界还小时
一无所知的日子，被纸飞机带向远处
孩提时光已归于零，怀念时看见更多
此时此地，有人叫我的名字
递过来童年的一块糖

星　　空

秋天的单簧管越来越繁复
停顿或联合，将天使与撒旦带入梦境
这似乎不是一场游戏中的喜剧
你爱的人动身离开多年的城市
厌倦了旧地方，却也没有爱上新住所
新的野蛮横穿大地，到哪里都听见忧伤的歌
年年开花的柠檬树遭遇了果实的遗弃
在风中，在水里，那些往昔的安逸之地
随风的东西被刮得七零八落，生活比蒲公英还轻

在更小的夜，你想你的星，它或许在北极
或许在南极，但不在你的呼吸里

缅甸的月色

我们常谈起那个夜晚，海水在你的身下沉睡
掉下来的月光，落在那些走在穷途末路之人的身上
世界在一个版图上忐忑，欲望暗中延伸向另一条路径
黑夜是穷人恐惧的外衣，所幸有月光朗照
却冰凉如水，大自然并没有抚慰恐惧的肉体
森林也要迎向锋利的斧头，群鸟在散失
沐浴不到自由的星光，命运信仰了黑暗
抱歉的大地，一时之间，缅甸的月色化作沉默的群山

托斯卡纳

风暴的消息已远去，村庄归于宁静
晚装在衣柜里弥漫松脂的芳香
庄园的幽暗之处，萤火虫送来橙绿色
请与都灵来的隐士交谈，这舶来的盛宴
是小镇的海市蜃楼。夜色低回，半路相识的人
到小酒馆喝一杯酒，此时，夜色来到夏季之末
外面的葡萄园适合一场没有边界的探戈
新的星座在升起，秩序一点点退回大地。这个夜晚
尖叫的不是向日葵，而是那些在水井里看见繁星
又一哄而散的孩子

黄灿然

> >
> >
> >

1963 年生于福建泉州，1978 年移居香港，1988 年毕业于广州暨南大学。曾任《声音》诗刊主编。著有诗集《十年诗选》《世界的隐喻》《游泳池畔的冥想》《奇迹集》以及译著多部。现隐居深圳。

既然是这样，那就是这样

现在，当我看见路边围墙上的爬藤
那么绿，那么繁，那么沉地下垂，
我就充满喜悦，赞叹这么美丽的生命，
而不再去想它的孤独，它可能的忧伤。

既然它是这样，那它就是这样。

当我看见一个店员倚在店门边发呆，
一个看门人在深夜里静悄悄看守着自己，
一个厨师在通往小巷的后门抽烟，
一个老伯拄着拐杖推开茶餐厅的玻璃门，
我就充满感觉，赞叹这么动人的生命，
而不再去想他们的痛苦，他们可能的不幸。

既然他们是这样，那他们就是这样。

（原载安徽《诗歌月刊》2014 年第 11 期）

日常的奇迹

当你在譬如这个巴士站遇见譬如这位少妇，
她并不特别漂亮却有非凡的吸引力，
你想爱她你想认识她你希望待会儿能跟她
同乘一辆巴士坐在她身边然后跟着她下车哪怕是

仅仅远远望着她的背影看她进入哪一幢大厦
打开哪一扇幸福的家门；或譬如这位老伯，
他脸色安详好像已看见了天堂的树冠，
他头上的羊毛帽温暖纯朴，他眼里
含着使你想做他的儿子的慈光，
他瘦弱的身体再次使你想做他的儿子
以便好好照看他用无限孝敬的语言
轻声跟他说话，扶着他回家；

啊，他们，那少妇和那老伯登上同一辆巴士，
使你失落又惆怅，同时洋溢着幸福，
当你的巴士驶上高速公路，大海耸现，阳光宁静，
你多想赞美多想感恩。你确实应该赞美
应该感恩，因为你目睹了日常的奇迹，
那是瞬间的奇迹，你随时会遇见你自己随时
也在创造的奇迹：那少妇一直是痛苦的，
她跟丈夫跟家公家婆天天吵架，跟同事合不来，
对自己感到厌恶，无穷和无端的烦恼正纠缠着她，
陷她于绝望的深渊；那老伯儿子滥赌，女婿包二奶，
老朋友和旧同事走避他，因为他又穷又不幸，
他出来是为了散散心，为了躲开老伴的唠叨；

但有那么一些瞬间，例如在大街上，
一些别的事物吸引着他们，或一阵风吹来，
或刚才在路上照了五分钟阳光，使他们身心放松，
不再想家人，不再想自己，不再想人生，
不再想账单，不再想电视连续剧，子女的学业或前途，
乡下的穷亲戚，楼上没完没了的装修，
隔壁另一对夫妇和他们的子女无日无夜的争吵，
于是像一艘饱经风吹浪打的船驶进港湾，
他们归于平静，找回自己的灵魂和感觉，
恢复了生命力，恢复了身体的光亮，并在瞬间被你看见
使你想赞美想感恩使你置身于生命的光亮中，就像此刻

你的神采正被你身边的乘客悄悄羡慕着。

（原载安徽《诗歌月刊》2014 年第 11 期）

炉　火

听着：生活像一个火炉，
有些人围着它坐，享受温暖，渐渐感到疲乏，
渐渐把含糊的话留在唇边睡去。

另一些人在户外，在寒冷中，
他们甚至不用走近炉火，哪怕只远远地
看见火光，已感到一股温暖流遍全身。

（原载安徽《诗歌月刊》2014 年第 11 期）

黄春宇

\>
\>
\>

男，揭阳人，1970 年 3 月生，三级作家，中国散文学会会员，广东省作家协会会员。作品散见于《散文百家》《散文选刊》《羊城晚报》《南方日报》等各级报刊，被《社区》《新阅读》《中华文摘》《今日文摘》《小品文选刊》等转载。曾获中国散文学会征文一等奖。

路灯下的老男孩

凌晨三点的天幕
星星早已打烊
从乌云的缝隙
焦灼地搜索
玉兔的主人
好色的出租车
闪电般擦身而过
关上疲惫的眼球
摇身变成孙大圣
到天河偷来一袭
广寒宫的齐臀裙
韩剧里的嫦娥
制造了舌尖上
追尾的新闻

（原载《关雎爱情诗》，光明日报出版社，2015 年春季号）

黄廉捷

> > >
> > >
> > >

男，广东廉江人，笔名廉洁，广东省作家协会会员。著有个人小说集《淡淡的沉默》，长篇小说《爱情转了弯》，诗集《漫无目的》《一百年后，我凝视这村庄》《黄廉捷爱情短诗选》。在《羊城晚报》《诗林》《诗歌月刊》《中西诗歌》《城市诗人》等报刊发表大量文学作品。曾获"文华杯"全国短篇小说奖、广东省报纸副刊好作品奖、中国报协城市党报副刊作品奖、中山文艺奖等。

七星岩记

夜，唱着莲湖泛舟小调
醉倒于没有酒精度数的夜色里

风，抚摸着多情的仙女湖
已经醉倒于那个温柔得不想惊动夜的呢喃的风

光，在天柱背后寻找到了月亮的眼睛
她已经醉倒于七星调慢时针的转动

她已经醉倒于人间仙境
她一生都不愿让其消失的虔诚结束

（原载《诗林》2015 年第 1 期）

沾满泥土的土豆

泥土下深埋的理想之梦
在一个湛蓝的秋日里破土而出
它从未瞧见过这么热烈的阳光
它拒绝菠萝蜜树叶上蝉虫响唱的挽留
它要当一头奔向城市的公牛
让精神背离泥土
把梦幻的美好图画当成一只对抗内心视线的拳头

幻觉的城市梦流淌着夸耀的神灵

总在麻醉它的神经，让它兴奋，让它彻夜不眠

擦脸净身，灌入城市全息图
开始未知的石屎森林生活
"让土地召唤野草去吧！
我只想听到广场上振奋人心的喇叭声"

天边一堆羞答答的彩云
展示各种姿态想再一次约会土豆
只是，错位的天堂之门变换了方向

若干年后
沾满泥土的土豆变得忧郁
它不明白
这里的天空要么是线条的，要么是阴沉的
它的生活要么是阴影的，要么是忧郁的

这就是一头扎进城市里的土豆
它贴在了城市编织的铁网中
寻找蝉虫的身影

（原载《诗林》2015 年第 1 期）

这里没有疲倦的天空

一只住在城市的倦鸟弯着腰
向四处奔走的灵魂送去它的问候
这里没有美妙可言
没有谁会把自己带到此处

但他们都是一种寄生物
如大海藻类依附在礁石上

蚂蚁很不明白这些人的生活
他们无休止地行走却又时刻模糊时间
他们不握手却希望拥抱友谊
他们愤愤不平却总能心情畅顺

街道依然诱人
玻璃仍旧透亮
城市有些年迈，但照样保持旺盛生育能力
人们用生存的方式安慰着光荣的创造力
这里没有疲倦的天空，只有疲倦的人儿

(原载 2015 年 1 月 13 日《羊城晚报·花地》)

雪

克
>
>
>

原名余列克，男，公务员。现居揭阳。广东省作协会员、诗歌创作委员会副主任。出版过诗合集、个人诗集，有诗作入选各种选本。作品散见于各类报刊。

一只碗的命运

沉默享用一只碗
及至打碎，是一个漫长的过程
漫长是需要等待的
而等待，往往是无知的

把难以数计的抚摸揉捏磨砺抛光
逐一忽略
把不温不火的烘焙
逐一忽略
或大或小，或粗糙或精致
承担同样的责任
让同样的你我，赖以寄生
直至泛黄
瓷的病态无法忽略。

哗啦一声，很响
漫长归于短暂
终究要以碎的觉悟
体现新的圆满。

偶读黑格尔

以他笔下的黑，托起彩虹的白
在哥特式穿顶，书写极致。
假如不在纸上兜圈子

我们可以在白天离去

只是，这龌龊的世界需要神话
不需要黑格尔。

我们讨厌弯曲的肠子
和腹中穿梭的鱼，蓄谋已久的爱
一定要，见到残阳如血。

我们以一百倍的耐心
讨论海洋的纽扣，该怎样一粒一粒
解开，最终让风暴
窒息在瓶颈。

古典唯美的版图
松软甜腻。
如果有两具横陈的裸体
一定死得整齐，而又干净。

石头山印象

满山的石头
犬牙交错。它们站立的姿态
保持补天的倨傲
一面的圆滑
临风，示人。一面的狰狞
压着千年的秘密。
就这么靠着站着
一动不动。
坚硬的内心，传达共同的意志

谁搬动它们
谁就葬身这里。

（原载 2014 年 5 月号《诗歌月刊》）

梁
　颖
> > >

常用笔名寒烟儿，广东罗定人。广东省作家协会会员，广东文学院签约作家。作品散见于《诗刊》《诗林》《诗选刊》《诗潮》《绿风》《广州文艺》《朔方》等，著有个人诗集《诗语若烟》《烟痕》。

这抹冬阳有点疼

风，离散谎言。阳光跌落
凌乱的光芒弥散开来
锲进时间的脉络。弥合的伤口
掩不住愤怒和叹息

沉默。悲哀的沉默
救赎与拯救是虚妄的
尘俗的泪水
淘洗不了恶毒

不要问，是什么样的谶言
让我反复目睹，这一季的冬阳
分娩疼痛

捏碎忧伤。我打开夜色，握一把月光
月亮的微笑，在掌心

（原载《诗刊》2014 年 10 月号）

无　常

这只是一种隐喻。比如游鱼在空中打坐
飞鸟于海底潜游。一粒尘埃
可以遮天，或蔽日

在城里，打折的乡愁已陷入虚妄
土拨鼠篡改了姓氏
瓷骨的蜻蜓长出金色翅膀
每一棵小草
都有一个姓氏不详的情人

这些无常的事物，如此有序和率性
我只是担心
握着谎言的雪花
会不会在这个夏天飘然而至

（原载《绿风》2015 年第 4 期）

漏

发霉的月光
在陈年的墙垣流连着
我居住的房子，现已空荡
连同那个顽皮的午夜
骤然失声

这个时候
最好能遇见一棵诗性的树
一枚风化的石头
或一面暗哑的镜子

我单薄的青丝，才可肆无忌惮地
遁逃

（原载《文学港》2015 年第 8 期）

蒋志武

>
>
>

男，青年诗人，湖南省作家协会会员，主编民刊《诗南方》。个人诗歌作品发表于《诗刊》《民族文学》《北京文学》《山花》《芒种》《文学界》《延河》《作品》《西部》《鸭绿江》《时代文学》《四川文学》《天津文学》《山东文学》《山西文学》《广西文学》《草原》《扬子江诗刊》《诗歌月刊》《诗选刊》《青年作家》《特区文学》等几百种纯文学刊物。诗歌入选《2012 年中国最佳年度诗歌》《中国当代汉诗年鉴 2012 年卷》《2011—2012 中国新诗年鉴》《中国新世纪十年诗歌蓝本》《2013 中国新诗排行榜》《2013 中国诗歌排行榜》等多个重要诗歌选本，获奖多次。出版诗集《泥土上的火焰》《河流的对岸》两部。

比水更安静的是淤泥

人，只是时间枪口上
一个伟大的靶子
我们被打中靶心，穿心而过
被关在门外或者反锁其中
我们从一楼达到八楼
而最终成就楼梯的故事

是宿命的石子
投进水里的水纹，静止的水
多么期待一次奔腾，静止的水面
多么期待一颗石子或者一个人
跳跃其中

我慢慢沉下去，身上长满青苔
涟漪远远不够刺激，巨大的空洞
是我与水的完美结合
在暗黑的水底
有足够的鱼群攻击
有足够的死亡笼罩
密集的水泡从心肺里
仓促而逃

比水更安静的是淤泥
这些固化的泥巴，撑起水的高度
它们沉入水底，腐烂但不产生颜色
沉重但不产生风暴
我在水中抹涂了一脸的淤泥
然后取下我的自画像

让人生的幻想再安静一些

（原载《北京文学》2014 年第 2 期）

解　禁

我的领土尚未解禁
想起水，汩汩而来的水
浸过森林和柔软的冬日
淹没于眼前

暗处的人都有复杂的道理
如果全部呈现出来会变得诡异
这些天，总有喧哗的人
将自己关在铁笼里自娱自乐
但他并没有被削弱

文身的女子
昨晚我低估了你的力量
你的血液里爬满青色
文身与你相互依赖
并敞开了自己

冬日过后，假使我的领土尚未解禁
我想去内蒙古看一看草原
把落魄的诗歌放进我的骨骼里
听一听诗歌和着风吹草的声音
将会是漫山遍野的辽阔

（原载《西部》2014 年第 6 期）

黑光无色

> > >
> > >
> >

本名程艳中，曾用笔名黑光，安徽怀宁人，"不解"诗群成员，曾为深圳"外遇"诗社成员。著有诗集《有情众生》《人生虽长》。现居深圳。

垂直于大地

我垂直于大地
可以自由移动
与树木平行
与飞鸟相交于天空
忘记所来所去
语言是我爱登的坡地
语言也是我爱摆的棋子
我常在夜晚围堵自己
一个人演绎成两个敌人
两个敌人演绎成三个徘徊者
三个影子重叠
混淆花与血

有时我与大地平行
获得床的安慰
有时与一个女人
当我平行于她
我亦努力垂直于她
亦是我更深地垂直于大地
深得放弃了自由
谁能认出时间的刀口
缓缓推出，由花而果
但总有悲鸣之人
借景抒情
借声音逃走

（原载沈阳《诗潮》2014 年 11 月号）

台风过境

台风过境
城村凉爽
林木失形
枝叶堕地
四处路面狼狈如争执过后
对此我竟有肆意的快乐
似乎可以一跃云端
又一堕入海了
原来我也是一个可笑之人
疯癫之辈
有大把的笑料
积压得太久了
趁此像落叶一样四处飞舞
去到那些平时不敢想象的地方
一身泥水的畅快
呵呵哈哈
现在我可是坠落的树叶
辞去绿意
一任生死

（原载沈阳《诗潮》2014 年 11 月号）

舒丹丹

>
>
>

1972 年出生于湖南常德。现居广州。诗作见于多家刊物，入选多种诗歌选本，有诗辑《舒丹丹诗歌快递：深秋的橘子》。著有译诗集三部。曾获 2013 年度"澄迈·诗探索奖"翻译奖、第四届后天翻译奖。

琥　珀

如果细嗅，
封存的松脂的香气就会逸出，
秋天就会降临，
月光就会带来一只蜘蛛和蕨草的私语，
你就会看见老虎的魂魄，
和时光金黄的肉身。

如果将一块琥珀戴在胸间，
白垩纪的风景就会全部复活。

平　衡

香气是它空中的路径，
一只蜻蜓悠然来访，落在我
举起的手机上，练习平衡术。
我用手机的眼睛看风景，
它用黑骨碌的眼睛瞅我。
它是来端详影像中的自己，还是为了让我
在它千百只复眼中，辨认千百个的我？
有一两分钟，它静止在一个支点上，
在抓握和伸展，
警惕和松弛中，获得平衡，
仿佛身体睡着，灵魂的羽翅
却仍在做梦。午后的深林有清凉的安静。
我们在众目睽睽下

交换丰富的眼神，那一瞬有如神迹，
充满信任和交会，不可言说。
我与它又对视了两秒，然后抖动手腕
提醒它飞走。它消失在
来时路隐秘的香气里。

倾　听

夜色从细叶榕的枝间滴下。
幽暗里，一条小径呈现出自身。
有一些超越白昼的声音。
隐藏在草丛的鸟儿噗地飞起，
翅膀后面，是惊讶的天空。
从远处望，万家灯火都很安静，
浮世在黑暗中变得虚无。
在这渺小的夜里，
面对寂静和内心，无话可说，
只想成为一个倾听的人。
仅仅是倾听。

（原载《汉诗》2014 年 3 期）

曾
欣
兰

>>
>>
>

男，曾用笔名牧羊、柳烟，20 世纪 70 年代出生，广东省翁源县
人。现居广东省佛山市南海区。20 世纪 80 年代末开始从事诗歌、
散文创作，作品散见于省市各级报刊。1995 年后中断写作，2013
年开始重启文学之旅。目前在《中西诗歌》《作品》《广州文艺》
《南方农村报》等省市报刊发表诗作 100 多首，曾在《福建文学》
举办的 2014—2015 年度"逢时杯"海内外文学征文中获得诗歌类
头奖，诗作入选广东省委宣传部、广东省文联征集的"抗战胜利
七十周年"文学选本。

简　历

编辑来电的时候，指甲刚剪去一半
一只手温顺自然，一只手惊慌失措

春天开始索要我的简历
我不敢写上诗人的字眼

至于日期更不敢确定
也许是生前，也许是死后

一 个 人 的 旅 行

来这世上，是一个人的旅行
以低于尘埃的拘谨
走进盛大的疆域
来不及带上必备的粮草
所有的行囊，只剩一双眼睛

我可以放下身段
仿效那只捕食的猎鹰
问候每一片森林
有时也会放下高山
背负一面飞瀑
此生无人应答的轰鸣

沿途的风景如此肥沃

我却没有种子可以种植
或者根本就一无所有
我只有打开一生的汗水
开满众多的河流

温文锦

> > >
> > >
> >

1982 年生于广东梅州，现居广州。作品散见于《今天》《天南》
《青年文学》等文学刊物。著有诗集《当菩萨还是少女时》。小说
《西贡往事》获第五届华文世界电影小说奖二等奖。

红　圈

电影里飘着尘埃，
偶尔有阿兰·德龙出没
我不相信命运，相信闪电
又有一场慈悲，慢慢从屏幕上经过

也许电影很旧了
阿兰·德龙很累了
闪电像月经一样经过我的脸

我问道，杀手你会死吗你曾经在杀人的时候跳着脱衣舞吗
你知道影片中的尘埃都是像胭脂一样逐渐剥落的

伤　水

游着泳
灯就灭了
伤感在腹中游走

潜水的时候，影子荡漾在水底，水痕更是一道道
水不伤我，我不伤水

我的爱猫前来看我，他说
妈咪君，你像我的鱼
猫的话令人身不由己
我很想有人釜底抽薪抽起我

红尘红了

有一口很深的井
装狐狸的用
地震的时候
哀伤涌上来
优美的小兽四散逃窜
那时候的狐狸君
像火一样烈呢

狐狸来到人们的怀里的时候
红尘染得很红了

谢小灵

> > >
> > >
> >

广东揭阳人，文学硕士。1997 年起在国务院扶贫办机关刊做了七年记者、编辑；现在广东科学技术职业学院党办工作。广东诗歌委员会委员，珠海市金湾区作协主席，《金土地》杂志编辑。在《星星》《人民文学》《大家》《诗选刊》《中国诗歌》《诗歌月刊》《诗潮》《诗林》《作品》等报刊发表文学作品。有多篇诗歌和散文作品入选多种选本：《2013 中国最佳诗歌》《中国 2013 年度诗歌精选》《中国最佳诗歌选》《中国年度诗歌排行榜》（2012，2013，2014）、《中国散文年度佳作（2013）》《广东诗歌精选 2009—2013》《国际汉语诗歌》以及大学教材。曾获得广东省作家协会主办的首届广东省"桂城杯"诗歌奖、珠海政府南油杯文学奖（1995 年）和珠海政府渔女文学奖（2010 年）以及珠海市首届苏曼殊文学奖（2014 年）。出版了五本书：《长相思》《微风的牧场》《一点盐小灵说》《紫荆片段》《芒果心》。现居珠海。

有偏见的人

一只麻雀抬头看看天
天立刻飘起鹅毛大雪

没错
雪是大地的谎言
我们需要
又不是真的需要

基于此
我们不嘲笑雪地里穿着草鞋的人
"白茫茫大地真干净"
没有谁愿意抛弃
这个幸福的谎言

（原载《人民文学》2013 年第 5 期）

人出生就是一场昏睡

二十岁我迷蓝调
三十岁我当民歌手
四十岁我往药里加糖
五十岁我与一杯咖啡素面相对
六十岁我可以容忍任何一种气味
我有奢侈的心事
我不要提后退席

我不要做一个转身就走的人

我走在辽阔田野上
山河破碎
只有我内心的创伤
如此完整

（原载《人民文学》2013 年第 5 期）

虚构的飞

体态丰满
宛如重生
一个标本
生命穿越时空
外表不曾腐烂
内心已经空洞
你永远不会知道
我长着你看不见的心灵
那里没有一丝回声
我长着你所知道的羽毛
那却是我不飞的愿望
我不再从深处接着腐烂
你爱我爱到我死后
你把我做成一个标本
你遭遇的远比我遭遇的多
我是你不死的思量和谎言
我听见你深夜的眼泪
顺着我天鹅绒般的鼻子流下来

繁华和温暖的

都与我无关

我站在这里

我飞与不飞

都与我无关

天空不会收留我的身体

我也不能在大地漆黑之前

归入谁的鸟巢

（原载《人民文学》2013 年第 5 期）

谢
湘
南
> > >
> > >
>

1974 年生于湖南乡村。1993 年到深圳，换过十余种工作。1997 年
参加诗刊社第 14 届青春诗会。著有诗集《零点的搬运工》《过敏
史》《谢湘南的诗》。曾获第七届广东省鲁迅文学奖，诗作入选近
百种当代诗歌选本。现居深圳。

在沿江高速上

汽车被雨水包裹着
这向前冲刺的钢铁之躯
带着我们驶入
瞬间的缓慢

免于被淋湿的是你的睡意
在我身边，你闭着双眼
恬淡的呼吸触动我的指尖
我能听到你的心跳
那将是我平淡生活的欢乐司南

不顾一切的雨
盲目冲撞着玻璃
车窗像土地多出急切的河道
我握住你的手
握住我心里
起伏的柔软

（原载广东《作品》2014 年 11 月上半月刊）

汽车在河流里漂泊

汽车在悬空的海上颠簸
你睡得香甜
我看着你，看着雨水

什么都不去想

那些依偎的人影，那些被吹拂的相爱
在深圳湾公园，入夜的海风
吹拂每一个人
行走的、站立的、静卧的
遛狗的、逗孩子的
钓鱼的、摸虾的
我看见一条长椅上
相依偎的人影
以为是热恋的青年男女
走近了才看清
是一对老人
老太太躺着，头枕在老头的大腿上
老头的手还抚着老太太的脸
他们穿着类似保洁员的工服
他们静静相视，吹着海风
用不语，为海风保洁
他们那么老，那么贫贱
又那么相爱

（原载广东《作品》2014 年 11 月上半月刊）

什么样的震颤都无法影响玻璃的巨大

莱记餐厅的巨大玻璃
将食客的脸面向大海
在玻璃的背面
有着另一个车水马龙的黄昏

下班的人潮正在通过天桥
穿统一制服的火车是从北往南刮的风
它什么也没带走
除了火车上的人

什么样的震颤都无法影响
玻璃的巨大
血一样的海面上鲸鱼的脊背

什么样的脊背也挡不住太阳的沉落
食客们用一只手挡住半边嘴脸
牙签正在挑剔地工作

（原载广东《作品》2014 年 11 月上半月刊）

蓝
紫
>
>
>

湖南邵阳人。现居广东东莞。诗文散见《诗刊》《十月》《星星》等文学期刊,已出版诗集《别处》《低入尘埃》等四部。中国作协会员,广东东莞文学艺术院第四届签约作家。曾参加诗刊社第29届青春诗会。现供职于东莞市文联。

铅灰色的天空

灰色的乌鸦斜飞而过
在半空中留下黑色的暗影

汽车冒着黑烟呼啸来去
灰尘悄悄蒙上绿色的叶片

错落的厂房像一只只庞大的胃
日夜反刍，吞吐着蚂蚁般蠕动的人们

铅灰色的天空，是奶奶箱底的灰布衣裳
穿在城市的身上

原野广阔，楼房缩在一座座山脉下面
仿佛被灰色的乌云挤在了一起

（原载《诗刊》2015 年第 2 期下）

年　轮

是随着路途渐远的老屋
是掉落的头发
是石头，砸进了平静湖面所起的波澜
缠绕着从野栗子树上垂下的童年

是树木被伐倒后，一圈一圈的荒芜

中间也有狂风和枝叶间野性的互动

多年以来

她目送自己在风雨中远走

脚印在飞旋的落叶间迅速隐去

（原载《诗刊》2015 年第 2 期下）

槐蓝言白

>
>
>

原名史红强。作品散见于《诗歌月刊》《绿风》《诗选刊》《今天》《星星》《诗潮》等国内杂志。著有合集《向内的朝圣》《分行》等。曾获新疆第二届文学大赛诗歌一等奖。现居深圳。

这冬天依旧鼓荡着轻薄春风

他抚摸它脸，片段和细微处，
乐音在指间缠绕，其气息如烟如香一碧千里，
他动脉里是怦然心动的时辰，轮回春秋。

纷纷攘攘，一切都在运动，
南方就这时好。此际冬天清明透亮，
一朵花淡然而多诗意她势必活在优美与光华中，
山鬼也是仙，丧家犬也是新风上的孩子。

色彩在心中驰行，看得见剪纸上的
水滴也听得见门窗户扇上的歌礼。
风卷来又收走了声气，它无肝火
如忌讳毒汁，又不像四月时那般湿淋淋。

他感激这晶莹叹息，人生如优伶。
在海边翻跹，一朵浪花卝往眉线纵深，
他为生命的轻盈所承受和付出的，
是现实中缩紧的消极。

他想留这冬日，有个偏僻处所就好，
遇游医，打江湖麻将，即使哑寂尖刻，报章嶙峋。
江山如此多疑，他总笑，如沐春风里，
梳中分头发，脑子有条清白小路，
或有股清泉汩汩如涓，即使前路是后背深渊。

（原载陕西《延河》2014 年 3 月下半月刊）

顷刻敦煌

我们没太多话，她低着头忙自己的。
我清理镜头，删照片，偶尔卷根烟
或起来倒杯水，顺便把门关上。但
还是听得见党河雪水的哗哗声，还是
有阳光从松木窗照进来，正好照在
墙上的儿童画上，月牙泉或鸣沙山，
生鲜、撞色、突兀，猛一看像佛窟
里的壁画叫人心头一动。一切开始
夸张起来或说诗意顿兴，喃喃自语的
病人因寒冷而焚烧了茅屋，汉唐风雨
看不到落叶上的色彩，因美而孤独。
睫毛夹，安定，黑皮靴，箴言，
与羌戎的陌生人拥抱就因为她在梦中
读过我一首不起眼的小诗，这真令人
羞涩而口含河西走廊的果子，但这有
什么关系，"今晚去你家！今晚
去你家"，带了邮票，过了酒吧，
探索队的枪声"啪，啪"，她摇着我
说"你怎么不说话！你怎么不说话"，
我傻笑着说我在第17窟看到了敦煌遗书
和戈壁西夏，那时云彩飞天，树下有
灵魂柔媚，我为事后的哭泣卷着蓝色
烟叶，见到私奔者道路上明媚的阳光。

(原载陕西《延河》2014年3月下半月刊)

楼 河

>
>
>

生于 1979 年，江西抚州人。民刊《野外》同人，著有《楼河诗
选》及《六户诗》（与人合集）。现居深圳。

我们还在劳动但忘记了月亮

黄昏的光流像一阵小波浪
在消退。微弱的辉煌的交响
让我回忆起诗，但我
并不知道自己是个诗人。
我在插秧，我
和我的亲人分散在一亩水田，
渐渐融化为几个黑点。
水面倒映着接进山林的电线杆
和燕子流畅的飞，
蝙蝠惊险的飞。
我们都忘记了月亮正观照着我们的背影，
我们在月色下劳动，
汗水变得清澈而且发凉。
我们忘记了电视机已经演到了电视剧，
手中的秧苗也没有了热气，
它的绿叶拂出了清风。
我们的眼睛像洗过了一样，
我们的耳朵听到了夜鸟和水波，
我们的鼻子闻到了稻草的烟味，
他们混合在了一起，
微弱的飘荡的交响，
让我回忆起诗。但我
只是代替谁在写一首诗，
一首不管是慢还是快，不管是
热还是凉，分不清长短的诗。

（原载《六户诗——深圳六人诗选》，长江文艺出版社，2014 年 4 月
版）

蛇忧郁地游到了对岸

蛇忧郁地游到了对岸，
割鱼草的男人坐在水库边抽烟，
他的脑袋里充满了思念
或者情色。两头母牛被拴在大坝两边。

他的烟味里有植物烧着了的气味，
他的双眼浑浊盯着变暗的水面，
水蛇游动的涟漪打乱了山丘的倒影，
连绵不绝的黄昏撒开了透明的鱼线。

我憧憬这劳动后的自由。
他独处的宁静也许只是一种悲伤，
但孤独中有一种自我的亲密，
就像悲伤中有慈爱的温柔。

夜雾开始填充暮晚的暗监，
飞鸟像莫名的石头急坠到了水底，
你不知道从哪里传来了零星的响动，
不知道此刻究竟有多少人正在走回家中。

（原载《六户诗——深圳六人诗选》，长江文艺出版社，2014 年 4 月
版）

嘉

励

>
>
>

1972 年生于杭州。现居广州。出版有诗集《嘉励的诗》。

有一种力量来自于你

怎样才能让云朵躲回云层
花瓣都在晨曦里开了
你的手仍停留在我的身体上
像流水没有离开大地

怎样才能让事物退回
它被时间割裂前的样子
初始的光，它的新奇
说出了一切，却不为人所洞知
一根废弃的横木
挡住了眼睛分辨出岔路

怎样让一块冰回到流水的活力
你为我打开时光的锦囊
倾出愤怒与羞耻，还有绵延的宽容
此时，我看见白色鸟划过
房间在向着花园敞开

与自己讲和，与神和解
我感到初始的光重来一遍
我看见树上跳跃的鸟变成了果实
一只从未出现的手，它托起我
它不是风的印记，它是光的重临
仍有一种温柔的力量来自于你

廖令鹏

>
>
>

江西石城县人。南昌大学中文系毕业。现居深圳。作品集有《新安故城》《诗歌的苹果》《太平溪的星空》《慢慢看》，作品散见于《文艺报》《文学报》《诗选刊》《黄河文学》等报刊。

怀　古

滕王阁上猎猎的风声我置若罔闻，
张开双臂，动情地吟诵着——
"落霞与孤鹜齐飞，秋水共长天一色"
我让自己有飞起来的感觉。
作为晚辈，总要懂点礼节
配合一下才华横溢却英年早逝的王勃
我想象依偎在我怀里的
是我的梦中情人
她是落霞，我是孤鹜
她的纯洁胜过秋水，我的欲望仿佛长天
我不是要调戏她，
她也不是要为我献身
你知道的，这大热天，光天化日之下
即使脱光衣服也干不了什么

（原载安徽《诗歌月刊》2014 年第 6 期）

在地铁上读《大象诗志》卷八，和不亦

"不亦，和你交谈余生，我在地铁中
读完了《大象诗志》。辑录了十二个人
他们在我身边。什么样子都有只是不看我
我喊他们。但地铁开得太快了，轰轰响就像耳鸣
尿急的时候想到肾亏。"

"走出地铁后我觉得童年的想象此刻
成为了扭曲的现实。看，地铁离我而去
像一条吃饱了的蛇，透明的内脏填满了等待消化的人
我把《大象诗志》举得高高的，想用魔术
把它变成焚烧的火，或者速冻的冰
可我失败了，看见地铁那突兀的尾部
感到恶心。"

"你知道吗？小时候我踩断过一条蛇的尾巴
它慌乱地逃走，没有看我一眼，甚至没有遗留下恐惧的仇恨
我们都不知道仇恨吗，还是我们的仇恨太多太滥——
许多年过去了，我仍然害怕蛇
甚至不喜欢绳子——
我坐在火车或者地铁中
生活是一条漫长的粗绳子。这就是现实。"

（原载广东《作品》2014 年第 8 期）

樊 子

\> \>
\> \>
\>

安徽寿县人，1967 年出生。在《诗刊》《十月》《星星》《作品》
《山花》等近百家文学期刊发表过诗歌、随笔和评论作品，入选
30 余种年度选本，著有诗文集《木质状态》等多部。现任安徽文
联《诗歌月刊》杂志常务副主编。现居深圳宝安。

广　场

我是一个爱国者，数着广场上的人群
雕塑、栅条和铭文也有着同样的喧哗
众多的山巅倒向了河流
众多的河流流向了山巅
这样的时代，诘问总是唯一的弱智
大地上站着癫痫者
他丢失了麦芒与稻穗
他是伟大的乞丐，他说出忠孝
他是我的父亲，有着我儿子一样的血液

（原载北京《十月》2014 年 6 期）

雨水集聚这个黄昏

雨水集聚在这个黄昏
在一个有墓志铭的山冈
我捡拾药草才能知道昨夜是漆黑的
昨夜很多星光在睡眠中死去

我总要在黄昏时分，爬坡、深呼吸、亮开喉咙
向人群询问他们一天的荣耀
那些漂过河床的死猪和舒卷长天的鹰
都是我询问的对象

这是被雨水淋湿的黄昏，哔啵燃烧的

依旧是树叶、草芥

架起木材，煮陶器中的雨水

被我礼赞的善良

和那些有细微的裂痕的信仰

是有波浪的火焰抛弃了我们

（原载北京《十月》2014 年 6 期）

大风歌

信仰的方向在哪里？大风从四面八方吹来

翻滚的石头，激起的浪花，折断的树木

这些都不是大风所为

早晨消逝了，夜晚也消逝了

那些不知去向的海水、逃遁的山巅

和有色彩的言辞

本身就是无边无际的空白，不如月亮的岛屿有活的气息

你有肮脏的容颜和责任，早晨消逝了，夜晚也消逝了

当你明白一滴泪水从来都没有被大地接受的时候

你也知道大风是伟大的骗子，它跛着脚，披头散发

满嘴胡话连篇

当你所有的疼痛仅仅会信仰正义

你不如一只蚂蚁更清楚，大风走过的土地

从来就不会产生什么意义

（原载《2014 年中国诗歌精选》，长江文艺出版社）

黎
启
天

\>
\>
\>

信宜人。大学本科学历。曾任地方报纸编辑、记者、总编、副社长。1995 年始有诗歌和随笔等作品发表在多种刊物上。广东省作家协会会员。

石头里有马群在奔跑

雕刻家竖着耳朵，他听见
石头里有马群在奔跑
举起铁锤和斧凿，他开始追捕
马的声息

向石头里套马
沿着嗒嗒的叩击声
他敲开核的坚壳，刚劲的马蹄
热烈地跑出
遁着长长的嘶鸣，还有风的呼呼声
他找到了马咧开的嘴巴，飞扬的鬃毛

声音是如此清晰
斧凿在探寻
眨眼的火星，又找到了一匹马的眼睛
喘息的鼻子，鼓突的血管里
血液找到了自由流淌的祖国
一匹，两匹，三匹
马群在呈现，但它曾在你的眼睛里
埋伏，伪装成石头的样子

就像石头散布于大地的黑暗
面对着坟墓里的眼睛
假装成缀满了宇宙闪闪的繁星

蓝色的花儿能开几朵

不管黑夜与白昼
我的耳朵就在琴键间行走

那些飘浮的手指
紧握着一颗心如云雾缭绕
蔚蓝的大海与天幕

一只鸥鸟自远方带来飞翔
轻轻拂动的垂柳
花影荡漾着水波的扩散
帆影何时抵达彼岸?

不管昨天与今天
我的眼睛就在琴键上行走
那些长短的手指
翻越高低起伏的山峦

弯弯小径自远方带来鸟鸣
向左走，向右走
蔚蓝的回忆与梦境

两条溪流汇成大江的音阶
呼吸正被风倾听
春天小苗已伸出两片嫩芽
蓝色的花朵将会做证

2005．8

距　离

总有一个人
是你内心渴望的，
朋友，或爱人

她一定很爱你
她是你的心灵所在
在世界的某一个角落，她活着
在时间的某一个角落
她行走在你的身边
然而，你们一生不曾相遇
在世界的某一个角落
总有一个人，思慕着你

或许死后，你们会遇见
疲倦的手，在黑暗中紧紧相握

（原载 2014 年 7 月《诗刊》下半月刊）

燕
窝

>
>
>

客家人。1999 年在线开始新诗写作，2006 年出版《恋爱中的诗
经》。

一千零一夜（节选3）

"是的，我在这里"

来点儿热的
来点儿鸟雀演奏的天空
当它试图鸣叫
"吾思定矣，吾道茂乎"把我们
置身于不同的言语和祖国
一起成长的细节抖落下
它们的光和影
你在那里
是的，我在这里

"人少了不行"

更远的是浮云
是互相离开的人们
他们掏空了身体的金黄
追逐更广阔的事物
亲爱的人都留了下来
披上光和影
身体分出了田亩。耕种者
昼夜辛劳，很快耕耘到了祖国的边缘
有时我是他们的一员
有时我哭泣着
所有的裂痕
都是人民，都是拥有人民的祖国

鳞啸

>
>
>

原名李晓彬，女，1989 年生，湖北襄阳人。现居深圳，写少量文字。

我的时间是静止的

他住森林，他身体里城门已关闭
那时他爱烟酒、爱快意江湖
爱每种可能与不可能
他恋爱像在炼狱，但没忘了写字
他字里行间的暗涌让我开心
他的忧愁也让我开心
我就是这样的人
不怕被谁看穿。现在开始了——
他爱自己的冷漠，也爱墓碑上的月光。
森林早已还给沙漠，风沙是淬血的铁
烙迹是山岚断裂。扁担倾斜，他保持不了自我平衡
他倒地，头枕荒原。荒原不荒，
心在身体里有时却会变冷，
他落魄潦草，不使我忧心忡忡
在我，他从未改变，从未走远
我的时间是静止的：
不管黑白如何替更，净白的桔梗花上仍然露水盈盈。

（原载安徽《诗歌月刊》2014 年第 6 期）

夕　颜

有时候我觉得身体不在这世上。轻，没有情绪。出逃，
像刺猬般膨胀、刨开洞穴，压制荒原的火焰。
生活艰难，但它并不因此出众。家国的明月，芬芳

照耀晚秋林。一只刺猬带着浑身尖锐离开亲近之人。

去北国，去一堆落叶下，等冬天
的冷，的霜红。沉入，它的眠，它覆冰的土。
晨风吹立汗毛像花开般自然。早起的人提竹篮去屋外，一畦空心菜
结白花。朝开夕落，她无心，不觉可惜。你呢？

（原载广东《作品》2014年8月号总第649期）

憩 园

> > >
> >
>

1985 年生，安徽蚌埠怀远人。现居深圳。著有诗集《置身某处》。

供　词

接下来会怎么样，
该做什么？我不知道
我敲击的键盘
什么时候会被我敲坏？那时候
我是在写一首诗还是在 PS
一张大厦的照片。
我拿不准，我惯性一样活着
看着窗外，想着窗外的事。

我伪装，这些年。
公民，儿子，工人，诗人，男朋友
编辑，贩卖避孕套的，拉皮条的，警察
兄弟，爱抽烟的幼儿园女园长。

我搞不懂
这个早晨我连早饭都没吃
还可以如此胡思乱想。我可能错了
可能我的骨头、血肉、思想

都是剽窃来的。

所以，其实我居然还是
骗子、小偷、心灵工作者。

（原载《汉诗》，长江文艺出版社，2014 年第 1 期）

前一天晚上

在梦里，前后左右都是水
水的前后左右漂着一列火车
火车的前后左右站满了人
人的前后左右都是大包裹小行李
行李箱里鼓鼓的
装着鸡啊鹅啊什么的
我没看见，只听到了声音

后来不知怎么的
我看见了，它们从包里飞出来
飞上屋顶
跳到槐树上，说着人话

（原载《汉诗》，长江文艺出版社，2014 年第 1 期）